MELISSA

公爵様、悪妻の私はもう放っておいてください

琴子

Illustrator
桜乃みか

この作品はフィクションです。
実際の人物・団体・事件などに一切関係ありません。

公爵様、悪妻の私はもう放っておいてください

MELISSA

◇プロローグ

――全部、間違ってる。


「や、やだ……」

「嫌じゃないくせに、君は本当に素直じゃないな」

豪華な寝室のベッドの上で私の頬に触れるギルバート様は、そう言って綺麗《きれい》に口角を上げた。

私を見下ろすアメジストの透き通った瞳は、はっきりとした熱を帯びている。

「もう許し……んっ……」

恥ずかしさからそっと肩を押せば、黙らせるかのように無理やり唇を塞《ふさ》がれた。

「ギルバート、様……」

「そんなに可愛《かわい》い顔をされると、余計に離してやれなくなる」

それでも私に触れる手つきも声音も何もかもが優しくて、彼に聞こえてしまうのではないかというくらい、心臓は大きな音で早鐘を打っていた。

そんな私に気付いたのか、ギルバート様は再び整いすぎた顔を近づけてくる。

「んんっ……」

「今日も朝まで付き合ってくださいね。愛《いと》しい俺の奥さん」

長いキスを終えるたび、彼が幸せそうに微笑《ほほえ》むことに気付いたのはいつだっただろう。

――今頃はヒロインと結ばれているはずの彼が私とこんな行為をしているのも、主人公の彼が悪妻キャラの私に愛おしげな顔を向けるのも。

そんな彼に惹《ひ》かれ始めている私自身も全部全部、間違っているはずなのに。

（……もう、認めるしかないのかもしれない）

輝く柔らかな銀髪に手を伸ばしながら、私は初めて彼と会った日のことを思い出していた。

◇悪妻　イルゼ・エンフィールド

ずきずきと、割れそうなくらいに頭が痛む。

背中にはひんやりとした硬い感触がして「私」はどこかに横たわっているようだった。

「――い、おい！　しっかりしろ」

「う……」

頭に響く大声で何度も呼びかけられ、ゆっくりと目を開ければ、ぼんやりと誰かの顔が見えた。

だんだんと視界が鮮明になっていき、やがて美しい男性の顔が形作られる。

「はっ」

その瞬間、私は跳ねるように身体《からだ》を起こした。まだ痛む頭を押さえながら、辺りを見回す。

「な、なに……？　どこ、ここ……」

ついさっきまで八畳一間のワンルームにいたはずなのに、周りには外国の豪邸のような光景が広がっていた。

（……え）

柔らかな日差しが差し込む広く長い廊下には、見るからに高価な調度品が並んでいる。

自分が置かれている状況の全《すべ》てが理解できず困惑していると、ふと側《そば》にいる男性と視線が絡《から》んだ。

眩《まばゆ》い銀髪と同じ色の睫毛《まつげ》に縁取られたアメジストの瞳は、宝石のように輝いている。

全てのパーツが完璧で正しい位置に置かれており、こちらを見つめる切れ長の目は、驚いたように見開かれていた。

「……うわあ、かっこいい」

これほどの美形を見るのは生まれて初めてで、思わず口からはそんな言葉がこぼれ落ちる。

（まるで二次元のキャラみたいな……って、あれ……？）

ふと引っ掛かりを覚えるのと同時に再び鈍い痛みが走り、両手で頭を押さえる。

そんな私を見て男性は形の良い眉を寄せた後、蔑《さげす》むような表情をした。

「元気そうで何よりです」

そして心配して損をしたとでも言いたげな、呆《あき》れを含んだ笑みを浮かべて立ち上がる。

「あ、あの……」

「用がないのなら、俺に話しかけないでください」

私の声と重なるようにそう言ってのけると、男性は呆然《ぼうぜん》として床に座ったままの私に背を向けて去っていく。静まり返った廊下には、彼の足音だけが響く。

貼り付けただけの笑顔や冷ややかな声音からは、はっきりと「強い拒絶」が感じられた。

「ほんと、何なの……？」

その背中が見えなくなった頃、ようやく頭痛もおさまってきて、息を吐く。やっぱり何もかもの訳

が分からないと困惑しながら、ふらっと立ち上がる。

「夢なら早く覚め――え？」

そしてちょうど廊下の壁に飾られている華やかで大きな鏡を見た瞬間、私は息を呑《の》んだ。

鏡の向こうにいたのは、ローズピンクの長く綺麗《きれい》な髪をした華やかな美女だったからだ。

「……私の顔じゃない……？」

大きな瞳につんとした小さな鼻、ふっくらとした唇に、肌荒れひとつない真っ白な肌。まるで人形のような愛らしい顔立ちに、思わず見惚《みと》れてしまう。

目が痛くなるほど眩くて豪華な装飾品が至るところにつけられ、圧倒的な美貌を引き立てていた。

頬に手を当てて鏡に見入ってみても、鏡の中の美女は私と全《まった》く同じ動きをする。

（う、うそでしょう……？）

理解できない事態に再び頭が痛くなるのを感じながら、私はへなへなとその場にへたり込んだ。

◇◇◇

それから十分後、私は「私の部屋」だといって案内された煌《きら》びやかな部屋のソファに座りながら、頭を抱えていた。

すぐ側には「私の専属メイド」だという、黒髪の美少女の姿がある。

「つまり私はイルゼ・エンフィールド公爵夫人で、さっきの美形は夫のギルバート様ってこと？」

「はい。先程は奥様が『キスしてほしい』『仕事なんて行かないで』と旦那《だんな》様に胸を押し付けてしがみつき、振り払われた拍子《ひょうし》に頭をぶつけて気絶されました」

リタと名乗ったメイドはひどく気まずそうに、悲しげに、とんでもない話をしてくれた。

「……あ、ありえない……」

全身の血が冷え切っていき、目の前が真っ暗になるのを感じながら、片手で目元を覆う。

(ここは間違いなく、以前読んだ人気小説『シンデレラの最愛』の世界だわ)

そして私は主人公のギルバート様とヒロインのシーラの邪魔をする、悪妻キャラのイルゼに転生してしまったらしい。

――ゴドルフィン公爵家に生まれたイルゼは家柄にも美貌にも恵まれ、家族に溺愛《できあい》された結果、傲《ごう》慢《まん》で我《わ》が儘《まま》で血も涙もない悪女に育ってしまった。

『イルゼ様、どうか娘を救ってください……もう本当に命が尽きてしまいそうで……』

『はあ？　この私に力を使わせたいのなら、相応の対価を払いなさいよ。まあ、お前ごときに私が望むものなんて用意できないでしょうけど。ふふっ』

イルゼは魔力量や魔法の才能にも恵まれ、国一番の治癒《ちゆ》魔法の使い手でありながら、自分の望みを叶《かな》えるためにしか力を使わずにいた。

自分や家族以外の他人はどうだって良くて、平民なんて生きる価値もない、虫ケラ以下の存在でしかない。

欲しいものは全て手に入れる、手に入れられる、それがイルゼ・ゴドルフィンの日常だった。

――けれど十七歳になったばかりのある日、そんなイルゼの世界は一変してしまう。

『すみません、大丈夫でしょうか』

『……っ』

偶然パーティーで出会ったギルバート・エンフィールドに、イルゼは一目惚《ひとめぼ》れをしたからだ。

若くして父を亡《な》くしたギルバート様は二十二歳にして公爵の座を継いでおり、多忙を極めていた彼が社交界に顔を出す機会はそう多くなかった。

それでもイルゼの悪評はギルバート様の耳に届いており、無理やり迫ったり高額な贈り物をしたりといったイルゼの常識から逸脱したアピールは、余計に嫌悪感を与えるばかり。

『ギルバート様、どうしたら私を見てくれますか？』

『申し訳ありません、今は家のことで精一杯なので』

『………』

ゴドルフィン公爵家と同じ公爵家であっては、お得意の権力に物を言わせることもできない。

『どうして……どうしてなのよぉ……！　うあああっ！』

生まれて初めて手に入らないものが、人生で最も強く欲しいと願ったものとなったイルゼは癇癪《かんしゃく》を起こすようになり、ゴドルフィン公爵や兄を困らせていた時だった。

『母が難病にかかってしまい、どの医者も既に手の施しようがないと……国一番の治癒魔法使いといわれるあなたなら、母を救うことはできないでしょうか』

ギルバート様のお母様が進行の早い難病にかかり、命の危機に瀕《ひん》した結果、最終判断としてイルゼを頼ったのだ。

万事休すだったイルゼとしては願ったり叶ったりの展開でしかなく、ギルバート様の弱みを握ったも同然だった。

『私と結婚してくださるのなら、お母様をお救いします』

そしてイルゼはギルバート様のお母様を口実に、エンフィールド公爵夫人の座——妻の立場を得ることとなる。

(はあ……嫌われ者の、最低最悪の悪女じゃない……)

イルゼ周りのストーリーを思い返し、本日何度目か分からない頭を抱える体勢になっていた。

『用がないのなら、俺に話しかけないでください』

夫婦といえども二人の間に愛なんてあるはずがないし、ギルバート様の態度も当然だった。

リタ曰《いわ》く結婚してから既に一年が経《た》っているらしく、これまでのイルゼの行動を想像するだけで目《め》眩《まい》と吐き気がしてくる。

「もしかして私、いつもあんな風にギルバート様に無理やり迫っていたの……?」

「はい、所構わずほぼ毎日ですよ。旦那様に近づく女性はメイドですら厳しく罰していましたし、いつもお風呂や寝室にも全裸で押しかけていたかと」

「いやあああ……」

想像していたよりもはるかに最悪な答えが返ってきて、絶望感でいっぱいになる。

それにもかかわらず、最低限でも口を利いてくれたり、頭を打った後に心配をしてくれたりするギルバート様は、心が広すぎる。

(でも、本当にイルゼはギルバート様が大好きだったのね)

――いずれギルバート様とヒロインのシーラは出会い、恋に落ちるけれど、イルゼは絶対に別れようとせず、シーラを虐《しいた》げ、最終的に殺そうとする。

けれど最後にはイルゼとシーラが出生直後に取り違えられていたことが発覚し、悪事も全てバレたイルゼは公爵家から追放され、娼館《しょうかん》落ちという悲惨な結末を迎える。

公爵家のお姫様という立場から最も嫌悪していた平民になるなんて、あまりにも皮肉な展開だと思った記憶があった。

(とにかく娼館行きは絶対に勘弁だわ。なんとかしないと)

シーラが大好きでギルバート様にも憧れていたのに、どうしてこんなことになってしまったのだろうと泣きたくなる。

はあと深い深い溜《た》め息《いき》をついていると、リタがじっとこちらを見つめていることに気が付いた。

「……まさか奥様、記憶がないんですか？」

「えっ？　あっ、そうね！　頭をぶつけたせいか、ところどころ抜け落ちているみたいで……」

異世界転生したなんて言えば、さらにおかしくなったと思われるはずだと、笑顔で必死に誤魔化《ごまか》す。

何か別の話題をと、すぐに再び口を開いた。

「ギルバート様のお母様はご無事なのよね？」

「はい。領地の方でお元気に過ごされていますよ」

「そう、良かった……」

イルゼの治癒魔法の力は本物らしく、心からほっとする。そんな私をリタは不思議そうな顔で見つめていた。

「とにかく、これからどうするか考えなきゃ」

まずはもっとこの世界のことを把握しつつ、覚えていることをまとめて……と真剣な表情で悩んでいたところ、不意にノック音が部屋の中に響く。

「奥様、お客様がいらっしゃいました。お通ししますね」

「えっ？」

こんな時に一体誰だろうと困惑する間もないまま、あっさりとリタはドアを開ける。そうして部屋の中へと入ってきたのは直視することすら躊躇《ためら》われるほど、眩《まぶ》しい男性だった。

「ああ、イルゼ。会いたかったよ」

ミルクティー色の髪に黄金の瞳をした男性は、戸惑う私の元へまっすぐに向かってくる。歩くたびに首元のふわふわとした毛皮や耳元のチェーンのついたピアスが揺れていた。

(だ、誰なの……？)

今のイルゼと同じ、むしろそれ以上に全身が眩いド派手な装飾品で飾り立てられている。それでも本人の方がよっぽど輝いているのだから、恐ろしいほどの美形だった。

「今日もお前は世界一かわいいね」

そうして笑顔で頬に柔らかな唇を押し当てられた瞬間、私は声にならない悲鳴を上げ、全力で後ろに飛び退《の》いた。

そんな私を見て、ド派手美形はきょとんとした表情を浮かべている。じわじわと頬が熱くなるのを感じながら見つめ返しているうちに、ふと彼が何者なのかを思い出していた。

「どうした？　月に一度はこうして会っているのに、初々《ういうい》しい可愛らしい反応をしてくれちゃって」

「い、いえ……何でもないわ」

笑顔で誤魔化し、必死にイルゼになりきろうとする。

――彼はナイル・ゴドルフィン、イルゼの兄であり、いずれ本当の妹のシーラを溺愛するキャラに違いない。

（身分至上主義だからイルゼが平民の子だと知った後、簡単に見捨てていたっけ）

小説では全てが明らかになった後、必死に縋《すが》り付くイルゼを冷たく突き放していた記憶がある。

「いい加減、あんな男とは別れたらどうだ？」

ナイル――お兄様と呼んだ方が良いのだろうか、彼はソファに座ると私の隣で足を組み、どかりと椅子《いす》の背に体重を預けた。

やれやれという感じの態度からは、ギルバート様をよく思っていないことが窺《うかが》える。

（この頃のナイルは何よりもイルゼを可愛がっていたし、ギルバートを毛嫌いしていたんだっけ）

ナイルとイルゼの関係について、小説では詳細までは描かれていなかった。ただ身分のことが明らかになるまでは溺愛されていた、ということしか分からない。

（……とにかくイルゼが平民だと知られるまでは、良い味方になってくれるかも）

口元に手を当て、最善の行動とは何だろうと考え込む。

――きっと今の私がすべきなのは、シーラが現れるまでに円満な離婚をすること、そしてこの世界で一人でも生きていける知識とお金を手に入れることではないだろうか。

元の世界に家族もおらず、未練だってない。そして実は私は魔法のあるファンタジーが大好きなオタクだった。

イルゼとしてのしがらみを無くして自由にさえなれば、異世界転生もご褒美《ほうび》みたいなものだ。

（そのためには、まず――……）

一瞬でそこまでの答えを導き出した私はきゅっと両手を握りしめ、ナイルお兄様に向き直った。

「実は……ギルバート様と離婚したいと思っているの」

超絶美少女なら相当な破壊力があるはずだと、うるうると上目遣いをし、悲しげなしおらしい顔と態度をとってみる。

「……本気で言っているのか？」

お兄様は私の言葉に対し、目を見開いて信じられないという表情を浮かべながら身体を起こした。

「やっぱり夫には愛されたいと思ってしまって……」

この調子だと心の中で手を握りしめつつ、引き続き健気《けなげ》な顔をして適当な嘘《うそ》を並べ立てていく。

間違いなく可哀想《かわいそう》で一番の被害者はギルバート様なのだけれど、お兄様は可哀想な妹を慰めるように私の肩にそっと手を置くと、眉尻を下げた。

「当然のことだよ。お前にはもっと良い相手がいるはずだ。可哀想なイルゼ、俺がお前を幸せにしてやるからね」

お兄様は私をぎゅっと抱きしめ、なぜか目元にキスを落とす。いちいち心臓に悪すぎて変な汗が止まらないものの、間違いなく彼は今はまだ私の味方のようだった。

「立場上、まずはイルゼからギルバートに離婚を申し出る必要があるんだ。拒否されることはないだろうし、手続きも二ヶ月ほどで終わるはずだよ。そうしたら公爵家へ帰っておいで」

「お兄様……ありがとう」

妹想いの優しいお兄様に対し、笑顔で頷《うなず》く。

(あれだけイルゼを毛嫌いしていたし、ギルバート様も喜んで受け入れてくれるはず)

先程まで絶望感でいっぱいだったけれど、だんだんと希望が見えてくる。これなら離婚もすぐにできるだろう。

そんなことを考えていると、お兄様が読めない表情でじっと私を見ていることに気が付いた。

「……お兄様?」

「ごめんね、何でもないよ。さて、俺は帰って愛《いと》しいイルゼが戻ってくる準備をしておこうかな」

お兄様は私の手を引き、立ち上がる。そして眩しいキラキラの笑みを浮かべ、こちらにぐっと顔を近づけてきた。

「別れのキスは?」

「えっ」

「帰りはいつもお前からだっただろう?」

さも当たり前のようにそんなことを言われ、つい間の抜けた大きな声を出してしまいそうになる。

(こ、この兄妹、そんなことまでしていたの……!?)

前世ではキスの経験もなかったし、正直これほどの美形に近づくだけでも心臓に悪い。けれど今この状況で別人だと思われては、厄介《やっかい》なことになってしまう。

もう仕方ないと必死に心を決め、顔が熱くなって心臓が早鐘を打つのを感じながらも、つま先立ちをしてお兄様の頬に触れるだけのキスをした。

「………」

するとなぜかお兄様は予想外の反応というか、驚いたような表情を浮かべ、私がキスをした場所に触れている。

「どうかしましたか?」

「ああ、ごめんね。ありがとう。またすぐに会いに来るよ」

優しく頭を撫《な》でられ、優しい兄の顔を向けられ、心の中でほっと胸を撫で下ろした。


その後は、門の前までお兄様を見送った。

彼が乗った馬車が見えなくなるまで、ぼんやりと見つめる。短い時間だったけれどナイルは本当のことを知るまで、妹のイルゼをとても大切にしていたんだと実感した。

(……初めてこの世界で頼れる人ができたのに、いずれ冷たく突き放されると思うと寂しいな)

元の世界では家族を幼い頃に失っていることもあり、よりセンチメンタルな気分になってしまう。

それでも一時的とはいえ強い味方ができて安堵《あんど》しながら、最初よりもずっと軽い足取りで屋敷へと戻ったのだった。

◆◆◆

馬車に揺られながら頬杖《ほおづえ》をつき、いつの間にか見慣れた窓の外の景色を眺める。

ギルバート・エンフィールドといてもイルゼが幸せになれないのは明らかで、俺は月に一度、離婚するようイルゼを説得しに行っていた。

その度にイルゼは「絶対に別れない」と癇癪を起こし、聞く耳さえ持たない。それが当たり前の日常だった。

「……お兄様、ねえ」

一人そう呟《つぶや》くと、余計に違和感が大きくなっていく。

『ねえナイル、私はギルバート様のためならすぐにでも死ねるくらい、彼を愛しているの。私には彼しかいないんだから』

イルゼは俺をお兄様なんて呼ばないし、あれほど執着していたギルバートと別れたいなんて間違いなくおかしい。

(何より俺からキスをするのも嫌がるイルゼが、自ら別れのキスをするだと？)

はっと呆れたような、乾いた笑いが口からこぼれた。

「――あれは一体、誰なんだ？」

◇知らない契約

「……ふう、お腹《なか》いっぱいご馳走《ちそう》も食べたし、ゆっくり広いお風呂も入れたし大満足だわ」

その日の晩、ギラギラの装飾品を外してゆったりとしたネグリジェに着替えた私は、ぼふりとベッドに倒れ込んだ。

さすがの公爵家、食事はホテルのフルコースかと思うくらい豪華で美味《おい》しい。ギルバート様とイルゼは食事も別らしく、部屋で一人ゆっくり食べることができたのも最高だった。

(リタから話を聞く限り、徹底的に避けられていたみたい)

だからこそ、耐えきれなくなったイルゼは今朝も頭を打つくらい、必死にギルバート様にしがみついていたのだろう。

ちなみにお風呂ではメイド達によって丁寧《ていねい》に全身を磨かれ、髪も身体《からだ》も保湿やマッサージをされ、最高級のエステを受けているのかと思えるほどだった。

色々と詰んでいる状況ではあるけれど、こういった貴族らしい贅沢《ぜいたく》ができるのは新鮮で嬉《うれ》しい。

「一時的とはいえ味方もできたし、後はギルバート様に離婚を申し出るだけね」

豪華な天井を眺めながら、ぐっと両腕を伸ばす。

「そうしたらこの世界やこの国について勉強して、お金を稼ぐ術《すべ》も見つけないと」

平民だとバレれば実家であるゴドルフィン公爵家も追い出されるはずだし、この異世界で生きていく方法をしっかりと見つけなければいけない。

前世の知識でチート無双、なんてファンタジー展開も普通のOLだった私には無理な話だった。

「あ、治癒《ちゆ》魔法を使えば仕事になるのかも」

寝転がったまま、まっすぐに伸ばした傷ひとつない真っ白な手のひらを見つめる。爪の先まで本当に綺麗《きれい》で、イルゼは全身に気を遣って美しさを保っていたことが窺《うかが》えた。

イルゼが国一番の治癒魔法使いという情報しか知らないものの、この力さえあれば食べていくのには困らないはず。

「……散々な状況だけど、少しだけワクワクする」

貴族の間ではイルゼの悪評が流れているだろうけど、田舎《いなか》で平民暮らしをすれば平気だろう。

(あとは遠目から一度くらい、大好きなシーラを見たいな)

小説のヒロインであるシーラ・リドリーは、とにかく儚《はかな》げで美しくて心の綺麗な美少女であるということが丁寧に描写されていた。

きっと天使のような存在なんだろうと、想像するだけで頬が緩んでしまう。

「ふわあ……とにかく今日はもう寝よう」

今日は一気に色々なことが起きたせいで、心身ともに疲れ果てている。ふかふかの雲のような大きなベッドでそのまま眠りにつこうとしたところ、ノック音がした。

（こんな時間に誰かしら……リタ？）

身体を起こし、返事をする前にガチャリとドアが開く。そして入ってきた人物の顔を見た瞬間、私は息を呑《の》んだ。

「えっ……な、なんで……」

部屋に入ってきたのは、ギルバート様だったからだ。

ベッドの上で呆然《ぼうぜん》とする私を他所《よそ》に、ラフなシャツ姿のギルバート様は面倒そうな様子でこちらへやってくる。

「あ、あの……きゃっ」

そして肩をとんと押され、ベッドに倒れ込んでしまう。

（一体なんなの……!?）

驚いて見上げた時にはもうギルバート様は私の上に馬乗りになっていて、脱ぐように自分の服に手をかけている。

経験のない私でも、こんな夜更《よふ》けにこの状況、これから何が起こるのかは容易に想像がついた。

「ま、待ってください！　どうしてこんなこと……！」

一気に血の気が引き必死に抵抗するも、ギルバート様は面倒そうに眉を顰《ひそ》めて私を見下ろすだけ。

イルゼをあんなにも嫌っていたのに、なぜこんな行動をしているのか理解できなかった。

「何を今さら。あなたが俺に呪いをかけたんでしょう」

抵抗を続ける私を冷え切った瞳で見つめながら、首元に手をかける。そしてギルバート様は忌々《いまいま》しげに口角を上げた。

(呪いって何？　そんな設定、小説にはなかったはず)

何のことを言っているのか分からず、戸惑いを隠せない。

「ごめんなさい、私、少し記憶が混濁していて……」

「また俺の気を引こうと、くだらない嘘《うそ》をつくんですか」

とにかくこの状況をなんとかしたくて必死に伝えようとしても、呆《あき》れたように鼻で笑われるだけ。

「えっ？　ち、ちが……」

「病気になった、記憶喪失になった、間違えて媚薬《びやく》を飲んでしまった。あなたの口からはいつも出まかせばかり」

(ああもう、過去のイルゼは本当に余計なことを……)

本当に私自身は何も分からないというのに、過去の行いが悪すぎて何も信じてもらえない。

もうどうしようもなくて、頭を抱えた。

「あなたの嘘にはもうこりごりだ」

切実な言葉や声音、表情からは、ギルバート様がどれほどイルゼに追い詰められていたのかが伝わってくる。

その様子に、ひどく胸が締めつけられた。

もう絶対にそんなことはしない、ギルバート様をイルゼから解放してあげたいのに、聞く耳すら持ってもらえない。

「とにかく私はもうあなたのことを、んっ」

「いい加減、黙ってください。萎《な》えるので」

ギルバート様は必死に弁明しようとする私の口に手を突っ込み、舌を掴《つか》んだ。

羞恥《しゅうち》と苦しさで、視界がぼやけていく。

「約束通り、契約の内容には従います。あなたもそれ以上のことは求めないでください」

「け、契約ってどういう……あっ……」

吐き捨てるように言ったギルバート様は、問いに答えることなく私の身体に触れた。

ネグリジェを下ろされ、大きな手が胸を覆う。

同時に柔らかな唇が首筋を這《は》い、慣れない感覚にぞくりと身体が粟立《あわだ》った。

「ギ、ギルバート様、待ってください……!」

このままでは本当にまずいと必死に抵抗しても両手をきつく掴まれ、逃げられそうにない。

(どうしよう、力が強くて振り解《ほど》けない)

ギルバート様は暴れる私を、面倒そうに見下ろしている。

薄暗い部屋の中でも美しいアメジストの瞳に温度はなく、心底イルゼを嫌悪しているようだった。

「大人《おとな》しくしていてください、もう時間がないので」

「じ、時間……?」

「あなたも愛する夫を早死にさせたくないでしょう?」

皮肉めいた、煽《あお》るような表情の彼の言葉の意味は、私には分からない。けれどギルバート様にとってもこの行為が望まないものであることは、はっきりと分かった。

「……っ」

何より「早死に」という物騒な言葉が気がかりで、動けなくなる。ギルバート様は冗談でそんなことを言うような人ではないと、小説を読んだ私は知っていた。

(ギルバート様にはイルゼを抱く必要がある……？)

困惑している間も、彼の手は止まってはくれない。

軽々と身体を起こされたかと思うと、ギルバート様に背中を向ける体勢にさせられる。

そのまま強い力でベッドの上に無理やり座らされ、乱雑な手つきで下着もずり下げられた。

「えっ……や、やだ……！」

「はっ、いつもは自分から足を開いて、触れてほしいと強請《ねだ》ってくるくせに」

私を後ろから抱きしめるような体勢のギルバート様は、耳元で呆れたように笑う。私の抵抗は全《すべ》て嫌がるフリで、普段とは嗜好《しこう》を変えたプレイをしているとでも思っているのかもしれない。

元のイルゼの痴女っぷりを恨めしく思う中、今度は膝を立てた状態で両足を思いきり開かされる。

明るい部屋の中、誰にも晒《さら》したことのない場所がひんやりとした空気に触れるのを感じ、どうしようもなく羞恥心が込み上げてきた。

「ま、待って、お願い……！」

そんな私の必死のお願いに、耳を傾けてもらえることはなく。

ギルバート様は何の躊躇《ためら》いもなく、私の足の間にぐっと数本の指を押し込んだ。

「んうっ……」

最初は圧迫感と少しの痛みを感じたものの、ギルバート様が指を軽く動かすうちにいやらしい水音が聞こえてきて、ぶわっと顔が熱くなった。

「あ、ひあっ、やっ」

次第に解《ほぐ》れていく中を掻《か》き混ぜられながら、もう一方の手で胸の先をきゅっと摘《つま》まれる。

すると口からは上擦ったような甘い声が漏れて、身体がびくりと大きく跳ねた。

(嫌なのに、どうしてこんな……!)

私自身は嫌悪しているというのに、この身体は簡単に理不尽な行為を受け入れてしまう。ギルバート様の言葉やこの感覚の通り、これまで何度もイルゼは彼に抱かれてきたのだろう。

けれど不意に、ギルバート様の指は戸惑ったように動きを止めた。

「……本当に今夜は乗り気じゃないんですね」

「え……?」

「普段は俺が少し触れるだけで、シーツを使い物にならなくするでしょう」

こんな状態でも、彼が想像していた様子とは違ったらしい。

(もしかしたら本当に嫌がっているのが伝わって、ここで終わる……?)

そして思わず、そんな淡い期待を抱いてしまった時だった。

「仕方ない」

ギルバート様は溜《た》め息《いき》混じりにそう言うと、私を仰《あおむ》向けにしてベッドに押し倒した。

そのまま馬乗りになり、湿った指先が太腿《ふともも》の上を這っていく。

「な、なに――ひあああっ、やあ、うっ、ああっ……！」

「今日は丁寧に慣らしてあげますね」

再びギルバート様の指先が奥へと差し込まれたかと思うと、激しく何度も掻き回され、擦《こす》られ、同時に指の腹でその上の突起も捏《こ》ねられる。

この身体の弱いところを徹底的に、的確に責め立てられているのだろう。

胸に触れる手からも休むことなく刺激を与えられ、暴力にも似た快楽により視界に火花が散った。

「はあっ……はあっ……もう、無理っ、やだ、やあっ……！」

もう呼吸をするだけで精一杯で、少しでいいから休ませてほしいという気持ちで訴えかける。

けれどギルバート様は、温度のないアメジストの瞳で冷ややかに私を見下ろすだけ。

――私にはこういった経験もなければ、知識もない。

けれどこの行為は、ただの「作業」という感じがした。

「今日は舐《な》めてとか噛《か》んでとか、下品な命令はしないんですか」

「……っ」

ギルバート様は煽るように笑ったけれど、そんなことなど言えるはずがない。

前世でもこんな経験などなかった私はもう、限界だった。

「ぐすっ、もう……やめて……」

ぽろぽろと両目からは涙が溢《あふ》れ、私の弱々しい掠《かす》れた声だけが静かな部屋の中に響く。

いきなり異世界で最低最悪な悪女に転生し、こんな理不尽な目に遭っては泣きたくもなる。

いい年をした大人《おとな》であること、ギルバート様からすれば彼の方が泣きたい立場であろうことなど、色々と頭では理解していても涙は止まってくれそうにない。

そんな中でも、どうかもうこんなことはやめてほしい、許してほしいという気持ちをこめて、潤む目でギルバート様を見上げる。

「……へえ？」

するとなぜか真横に引き結ばれていた彼の形の良い唇は、美しい弧を描いた。

「面倒だと思いましたが、いつもよりはマシですね」

「え……？」

「俺のことを好きだとか愛していると言いながら、卑猥《ひわい》な言葉を口にして行為を強請ってくるあなたに萎えていたので」

短く笑ったギルバート様の言葉に、より絶望感や羞恥でいっぱいになっていく。

（し、信じられない……元のイルゼ、痴女すぎない？）

大嫌いな相手にそんな風に迫られるなんて、ギルバート様からすれば地獄でしかないはず。

そう分かっていても私はもう真っ赤になってぐすぐすと泣くことしかできず、ギルバート様はさらに笑みを深める。

「その泣き顔は悪くない。せいぜいそのまま嫌がるフリをしていてください」

どうしようもなく憎い、いつも強気で高飛車なイルゼの泣き顔を見るのは初めてで気分が良いのかもしれない。

ギルバート様はふっと綺麗に笑い、私の肌に顔を埋《うず》めた。

(ふ、フリなんかじゃないのに——……)

それからのことは、ぼんやりとしか覚えていない。

意識が飛ぶまで何度も何度も繰り返し行為は続き、朝になる頃には喉も嗄《か》れ、私はもう何も考えられなくなっていた。

◇◇◇

「……う……」

目を開けると、陽《ひ》の光に照らされた豪華な天井が視界に飛び込んできた。ぼんやりと「昼と夜では見え方が全然違うんだなあ」なんて他人事《ひとごと》のように考えてしまう。

ひどく喉が渇いていて、ひとまず身体を起こそうとすると腰や身体のあちこちに違和感を覚えた。

「痛《い》った……って私、昨晩……」

昨夜のことを思い出し、顔どころか全身が熱くなる。

頭を抱えながら視線を下に向けると身体は赤い跡だらけ、噛み跡まであって目眩《めまい》がした。

「な、なんであんなこと……初めてだったのに……しかも、朝まで何回も……」

何もかもに耐えきれなくなった私はもうお嫁にいけない、誰にも会いたくないと毛布を被《かぶ》って丸くなった。恥ずかしくて悔しくて、泣きたくなる。

（でも、ギルバート様には大嫌いなはずのイルゼを抱く理由があるみたいだった）

しばらく毛布の中で一人絶望していたものの、時間が経《た》つにつれてなんとか少しずつ気持ちが落ち着いてきた。

今さら悔やんでも仕方ない上に、お互いに望まないものだったことは間違いない。二度とあんなのはごめんだし、一度きちんと話をして、絶対に離婚をしようと涙目で固く誓う。

「奥様、お目覚めですか？」

そんな声がして布団から顔だけ出せば、ニコニコ笑顔で部屋の中に入ってくるメイドのリタと視線が絡《から》んだ。

「良かったですね、いつもは一時間ほどで退出なさる旦那様が朝までだなんて。何か特別なお薬でも使ったんですか？」

側《そば》へやってきたリタは愛らしい笑顔で、恐ろしいことを言ってのける。こんな姿の私を見ても、顔を洗うための水が入った大きめの洗面器を持った彼女に驚く様子はない。

「……どういうこと？　いつもはすぐに終わるの？」

「それも覚えていないんですか？」

呆然とする私に対し、リタは眉を顰めた。「いつも」という言葉や彼女の話しぶりからは、あの行為が日常的に行われていたことが窺える。

「そもそも、私のことが大嫌いなはずのギルバート様が何であんなことを……」

「奥様がご結婚の際、月に二度子作りをするという制約魔法を無理やり結ばせたからでしょう？　破った場合、旦那様の寿命に関わるとか……」

「……嘘でしょう」

制約魔法は「同意のもとで強制的に縛り付ける強い魔法」らしく、対象者は絶対に約束ごとから逃れられないという。

信じられない話に、思わず口元を手で覆った。今の私は青ざめていて、よほど酷《ひど》い顔をしているに違いない。

「ただ籍を入れるだけでは、まともに夫婦としての生活ができないのは目に見えていましたから。子どもができれば少しは振り向いてくれるはず、とも仰《おっしゃ》っていましたよ」

「……っ」

元のイルゼがどれほど自分勝手で残酷な人間だったのかを思い知らされ、ぞっとした。自分がそんな人物に成り代わってしまったことを思うと、より絶望感でいっぱいになる。

無理やりイルゼが結んだ制約魔法のことを、ギルバート様は「呪い」と言っていたのだろう。

（お母様の命を楯《たて》に取って結婚を迫った上に、そんなことまで強要するなんて……あれほど嫌われるのも当然だわ）

心から愛する相手に対してのものとは思えないほど、何もかもを踏み躙《にじ》るような歪《ゆが》んだ所業に絶句してしまう。

昨晩のひどく切実で嫌悪に満ちたギルバート様の様子を思い出し、どうしようもなく胸が痛んだ。

私自身がしたことではなくとも、罪悪感を抱いてしまうくらいには。

（……とにかく、早く離婚して解放してあげないと）

今の私にできることはもう、それしかない。お互いのためにも一刻も早い方がいいはず。

「この後すぐにギルバート様に会えないかしら」

そう思った私は毛布で赤い跡だらけの身体を隠しながら、真剣な表情でリタにそう尋ねた。

「ですが、奥様からのお誘いはお断りされるかと……」

リタは気まずそうに、悲しげな顔をする。過去の行いのせいもあって、イルゼからの申し出や誘いはギルバート様に取り次がれることもないのだろう。

それでも諦められるはずもなく、リタを見上げる。

「離婚についての話をしたいと言えば、ギルバート様も時間を作ってくれると思うの」

「えっ？」

信じられないという表情を浮かべたリタの手からは水の入った洗面器が落ち、ばしゃんと床に水溜まりが広がった。


——結局、ギルバート様に呼び出されたのは、起床してすぐに話がしたいと申し出てから半日後、夕食を終えた頃だった。

このまま会ってもらえず、また半月が経ってあんな目に遭ったらどうしようと、一日中冷や汗が止まらなかった。

「…………」

「…………」

現在、ソファに座りテーブルを挟んでギルバート様と向かい合っているけれど、落ち着かない。

昨晩あんなことがあったばかりで、恥ずかしさや気まずさでいっぱいになる。

そんな私とは裏腹に、ギルバート様は足を組み、冷ややかにこちらを見つめている。

「それで？　離婚について話があるとか」

少しの沈黙の後、先に口を開いたのは彼の方だった。

たった一言から面倒で仕方ない、さっさとこの会話、この時間を終わらせたいという気持ちが伝わってくる。

「はい、あなたと離婚をしたいと思っています」

「理由は？」

「もうギルバート様のことが好きじゃなくなったからです」

だからこそ、こちらも回りくどいやりとりは避けるべきだろうと、単刀直入にはっきり告げた。

すると一切の興味がないようだったギルバート様のすみれ色の両目が、わずかに見開かれる。

「へえ？　それは急ですね。昨日の朝は仕事に行くな、キスしてほしいと縋《すが》り付いてきたのに」

「…………」

小馬鹿《こばか》にするような顔をして鼻で笑う彼に、何の反論もできないのが悔しくて仕方ない。全て元のイルゼのせいだと、心の中でひたすら恨み言を呟《つぶや》く。

するとなぜかギルバート様は席を立ち、こちらへ近づいて来て私の隣に座った。

「ああ、昨晩のことが気に食わなかったんですか？　無理をさせてしまったようなので」

「なっ……！」

貼り付けた笑顔で煽るように、機嫌を取ってやっているような態度で髪に触れられる。

元のイルゼなら喜び、ご機嫌になったに違いない。けれど私は羞恥心を抑え付けながら、後ろに身体を引いた。

「ち、違います！　いえ、文句はありますけど……」

「それは残念です。途中からは満更《まんざら》でもないように見えたのですが、俺の勘違いだったようですね」

「……っ」

言いたいことも反論も色々とあるものの、全てをぐっと呑み込んだ私は両手を握りしめ、ギルバート様に向き直った。

「とにかく、本当に離婚したいんです！」

構ってほしいわけでも、気を引きたいわけでもない。本気で離婚したいという気持ちを込めて、まっすぐに見つめる。

「謝って済むことではないと分かっていますが、今まで迷惑をおかけして申し訳ありませんでした。もう二度とギルバート様には関わらないと誓います」

私のせいではない上に、これくらいでギルバート様の溜飲《りゅういん》が下がるとはとても思えない。

それでも彼には心から同情しているし、イルゼから解放されて幸せになってほしい、という気持ちに嘘はなかった。

「……本当に俺のことが好きじゃなくなったんだな」

ギルバート様は目を見開き、消え入りそうな声で呟く。

そして少しの間の後、今度はにこりと笑みを浮かべた。

「あなたの気持ちはよく分かりました」

「じゃあ……！」

私の気持ちがようやく伝わったのだと、つい笑顔になってしまいながら、ギルバート様を見上げた時だった。

「ですが、絶対に離婚はしません」

「……え」

聞こえてきたのは想像していた答えとは正反対のもので、私はそのまま固まってしまう。

お互いに得しかないこの提案を断られるなんてこと、一切想定していなかったからだ。

「話はそれだけですか？　忙しいので俺はこれで」

「ま、待っ――」

口元だけの笑顔を貼り付けたギルバート様は慌てて手を伸ばした私を無視して、あっという間に出て行ってしまう。

少し乱暴にドアが閉められ、足音が遠ざかっていく。なぜこうなってしまったのか、さっぱり理解できない。

「どうして……」

静かな部屋には、残された私の掠れた声だけが響いた。

◆◆◆

執務室へ戻り机に向かって仕事をしていると、側近であるモーリスが何か言いたげな顔をしていることに気が付いた。

「言いたいことがあるのなら聞くが」

「……旦那様、本当に離婚を受け入れなくて良かったのですか。あの悪魔のような女と離婚できる、絶好の機会だったというのに」

予想通りの問いに対し、ペンを走らせる手を止める。モーリスは俺同様、あの女を心の底から嫌悪していた。

「ああ。何もかも思い通りにさせるものか」

突然あんな提案をしてきたのは予想外ではあったものの、俺のすべきことは変わらない。

「あと少しで追い詰める材料が揃《そろ》いそうなんだ。全てを失って絶望する姿を見るまで、自由になどしてやるものか」

――いつだって簡単に救えたというのに、あの女は死の間際になるまで、病で苦しむ母を助けようとはしなかった。

俺の気を引きたい、自分の偉大さを知らしめたい、より感謝されたい、そんなくだらない理由のためだけに。

結婚において提示された条件も、一方的で尊厳や自由を奪うようなものばかり。

いつも俺に対し「愛している」なんて言葉を口にしていたが、あんなものは絶対に愛じゃない。

これまでのことを思い返すだけで、腹の底が煮え立つような強い怒りが込み上げてくる。

「ですが、昨日から様子がおかしいようですね。まるで別人のように穏やかになったとか」

「そんな演技も長くは続かないだろう」

あの女が奇行に走るのも、いつものことだった。いちいち振り回されていたら身が持たない。

（……だが、昨晩のあれは失態だった）

普段通り適当に済ませるつもりが、別人のような弱々しい姿を前に、もっとこの女を泣かせたいと思ってしまった。

いつも高飛車で傲慢《ごうまん》で、自分が世界の中心だという顔をした女を組み敷いて泣かせるのは、ひどく気分が良かった。

『……うっ……ひっく……ごめ、なさ……』

それでいて大粒の涙を流しながら本気で恥じらうような態度に、初めて少しの情欲を抱いたのも事実だった。

（さすがに朝まではやりすぎたな。本当にどうかしてる）

後悔や己への呆れで、乾いた笑いがこぼれる。

あの女に縛られ続ける異常で歪んだ結婚生活の中で、いよいよ俺もおかしくなってしまったのかもしれない。

そんな俺を見ていたモーリスは、わずかに眉根を寄せた。

「ありえないとは思いますが、絆《ほだ》されることがなきよう」

「……はっ、まさか」

モーリスの言葉を一蹴し、片側の口角を上げた。

「俺は絶対に、あの女を地獄へ突き落とすと誓ったんだ」

◇悪妻は離婚したい

「どうして離婚してくれないのよぉ……」

ギルバート様に「絶対に離婚はしない」と宣言された翌朝、私は自室にて絶望しきっていた。

ソファに倒れ込んで泣き言を言い続ける私を、リタは穏やかな笑顔のまま見つめている。

「あんなに嫌っていたのに……まさか嫌がらせ？　もしくは断罪まで逃がさないようにしてる？」

何もかも悪い方向に考えてしまい、唸《うな》りながら頭を抱えることしかできない。ギルバート様が何を考えているのか、私にはさっぱり理解できなかった。

――ギルバート様はイルゼのことを強く恨んでいるようだったし、このままでは今まで犯した悪事を理由に小説通り追放、平民落ち、娼館《しょうかん》行きは免《まぬか》れないだろう。

公爵に対して好き勝手していた平民なんて、本来命を取られたっておかしくはない。これまでのイルゼの行いを思い返すと、娼館に売り飛ばされることすら生ぬるく感じる。

「ここから善行を積んでいくしかない……？」

とはいえ、小説にはイルゼとギルバート様の結婚生活はそう長くなかったと書かれていた。

既に一年が経《た》っていると聞いているため、ヒロインのシーラとギルバート様が出会うまで、あと半年もない気がする。

（……たった半年で過去の悪事の全《すべ》てを挽回《ばんかい》するなんて、絶対に無理に決まってる）

もう正攻法では無理だろうと、最善の方法を考えていく。

「離婚届を置いて強行突破で逃げるとか？」

「月に二度子作りをするという制約魔法を破ることになるので、旦那《だんな》様の寿命に関わりますよ」

「ああもう、本っ当にバカじゃないの……」

冷静なリタに突っ込まれ、ローズピンクの髪をくしゃりと掴《つか》んだ。本当に元のイルゼが余計なことしかしておらず、全ての可能性が潰《つぶ》されていく。

「……でも、それさえどうにかなれば脱走もありよね」

生きていく方法もまだ確立できていないけど、娼館暮らしより野宿の方がマシなのは間違いない。

最悪の未来に辿《たど》り着く前に、自由を手に入れたい。

決意した私はがばっと身体《からだ》を起こし、リタに声をかけた。

「まずは制約魔法を解きに行くわ！　準備をお願い」

「かしこまりました」

ギルバート様に制約魔法をかけた魔法使いがいるという店は王都の街中にあるらしく、早速《さっそく》地図を用意してもらった。

「はあ……まともな服も少しは買わなきゃ……」

クローゼットの中はドン引きしてしまうくらい露出の多いドレスばかりで、外出着を選ぶだけで体力が削られた。

　なんとか支度を終え、部屋を出て廊下を歩いていく。

「おはよう、今日もお疲れ様」

　今日も美しく手入れされた廊下にはメイド達がいて、素通りするのもあれだと思い、何気なく笑顔で声をかけてみる。

「お、おはようございます……」

　すると彼女達はびくりと肩を跳ねさせ、今にも消え入りそうな声で挨拶《あいさつ》を返してくれた。

「奥様は普段挨拶などされませんから、何か裏があると怯《おび》えているんでしょう」

「……更生ルートはやっぱり不可能そうね」

　怯えきった様子を不思議に思っていると、リタがこっそりと耳元で教えてくれる。

　普段のイルゼはメイド達に対して特に興味もなく適当な扱いだったものの、ギルバート様が絡《から》んだ場合のみ大暴れしていたそうで、かなり警戒されているようだった。

「お、おはようござ……あっ」

　やがて怯えすぎたメイドの一人が、磨いていた花瓶を床に落としてしまい、ガシャンという音が廊下に響く。

　目利きなどさっぱりできない私でも、細かく散らばった破片を見ただけで、かなり高価なものであることが窺《うかが》えた。

「申し訳ありません、申し訳ありません……っ！」

割ってしまったメイドはもう半泣きで、粉々になった破片を必死にかき集めている。すると破片で手が切れてしまい、ぽたぽたと血が流れ落ちていく。

「待って」

私はメイドを制止すると、血が滴《したた》る手を取った。

「も、申し訳ありません……命だけは……」

「そんなもの、取らないわ」

「ですが、この品は奥様の――え？」

苦笑いしながら切れた手に治癒《ちゆ》魔法をかけると、メイドは信じられないという表情を浮かべる。

（実は昨日、ちょっと練習してみたら使えたのよね）

昨日の夜にギルバート様との話を終え、ショックでふらふらと自室へ戻る途中、思い切り壁に頭をぶつけてしまった。

美しいイルゼの額にたんこぶができてしまい、恐る恐る魔法で治せないかと念じてみたところ、簡単に治ったのだ。

（……本当に魔法が使えるなんて、驚いちゃった）

誰でも人生で一度は「魔法を使ってみたい」という願望を抱いたことがあるはず。私自身、実際に使えた時の感動はかなりのものだった。

「よし、これでもう大丈夫」

一瞬にしてメイドの傷は癒《い》え、ほっと息を吐く。

さすがの国一番の腕前で、きっともっと大きな怪我《けが》ですらこの魔法は治せてしまうのだろう。

「花瓶なんてどうでもいいから、怪我には気を付けて」

「あ、ありがとうございます……」

メイドは戸惑いを隠せない様子ながらも、お礼を言ってくれた。他のメイド達も、困惑しながら私を見ている。

ひとまず私がここにいては気まずいだろうし、急いで玄関ホールへ向かおうとした時だった。

「お優しいんですね。ゴドルフィン公爵からの贈り物で、あなたのお気に入りの品だったのに」

冷ややかな声が耳に届いて振り返ると、そこには昨夜ぶりのギルバート様の姿があった。

「で、出た……」

イルゼを避けている彼と屋敷の中で出会《でくわ》すことはほとんどないと聞いていたため、突然の登場に動揺し、うっかり心の声が漏れてしまう。

「ずいぶんな嫌われようで悲しいな」

もちろんギルバート様にも聞こえてしまっており、彼は笑顔のままそう言ってのけた。

悲しいなんて一ミリも思っていないのは明白で、やはり彼が何をしたいのか分からない。

「…………」

余計なことを言っては立場が悪くなるだけだろうし、警戒しつつ口を噤《つぐ》み、ふたつのアメジストの瞳を見つめ返す。

「無視ですか」

壁に軽く体重を預けていたギルバート様はコツコツとこちらへ近づいてきて、私の顎《あご》を掴んだ。

作り笑いで無言の圧をかけられ、仕方なく口を開く。

「用がなければ話しかけるなと言われましたから」

「では、それは無効にしましょう」

するとギルバート様はそんなことを言ってのけ、整いすぎた顔には、私を小馬鹿《こばか》にするような笑みが浮かんでいた。

(同情はするけど……なんかこう、腹が立つのよね)

むっとしてしまいながらも無策で関わっては良いことがないと判断し、色々な言葉を呑《の》み込んで唇を引き結ぶ。

ギルバート様は、切れ長の両目を薄く細めた。

「ああ、それとも無理やりこじ開けてあげましょうか？　お好きなようでしたから」

そしてこちらへ手を伸ばし、なんと私の口にぐっと指をかけた。人差し指の先が口内に入り、慌てて後ろに飛び退《の》く。

思い返せば、一昨日の夜もぐっと舌を掴まれたり「苦しいですか？」と嘲笑《あざわら》われながら口内を指で荒らされたりした。

苦しくて恥ずかしくて惨《みじ》めで余計に涙が溢《あふ》れる私を見て、ギルバート様は満足げに口角を上げていた記憶がある。

(やっぱりギルバート様はイルゼを恨んでいて、嫌がらせをするつもりなんだわ)

真っ赤になっているであろう私に、ギルバート様はさらに近づいてくるものだから、もう観念するほかなかった。

「し、喋《しゃべ》ります！　喋りますから！」

「それは良かった」

にっこりと微笑《ほほえ》んだギルバート様は私の顔も見たくないはずなのに、なぜこんな風に関わってくるのかも分からない。

こうして近づいて、私が何か決定的なやらかしをするのを待っている可能性だってあった。

「よ、用事があるので失礼します！」

用事があるのも事実だし、ここは逃げるが勝ちだと思った私はギルバート様に背を向け、その場から逃げ出した。

ギルバート様には同情するけれど、元のイルゼへの苛立《いらだ》ちを無罪の私に対し、理不尽にぶつけられるのにも限界がある。

何より彼の考えが読めないのが、一番恐ろしかった。

「本当になんなの……絶対に離婚してやるんだから！」

あんな風に触れてきたり「お好きなようでしたから」なんて勝手なことを言ったりするのも、本当にやめてほしい。

元のイルゼがギルバート様に盲目すぎたあまり、何をしても許されると思っているのだろうか。

「イルゼ、どこに行くんだ？」

そんな中、屋敷を出て門の前に待たせている馬車に乗り込もうとしたところで、背中越しに声をかけられた。

「……ナイルお兄様？」

◇◇◇

（はあ……どうしてお兄様も一緒なのよ……）

華やかで人が多い王都の街中を、やけにご機嫌なお兄様と腕を組みながら歩いていく。

ゴドルフィン兄妹が二人で外を出歩く時はこれが基本姿勢だった、なんて言われたからだ。

「今日もお前が世界で一番かわいいよ」

「ありがとうございます……」

常にベッタベタで距離は近く、いちいち耳元でそれはもう良い声で喋るものだから、初めて見る中世ヨーロッパのような街並みや行き交う人々に感動する余裕もない。

『へえ、街中に行くんだ？　俺も一緒に行くよ』

『えっ』

公爵邸の前で遭遇した後、これから街中に用事があって行くと伝えたところ、なぜかついてくると言われてしまった。

色々と詰んでしまっている今、数少ない協力者であるお兄様との関係は大事にしていきたい。

結果、断ることもできず、今に至る。

(昨日の今日で、一体何をしにきたのかしら……？)

どうして来たのと尋ねても「ただ顔を見たくなって」としか答えてくれず、かなり気になっていた。

超絶美形の兄妹が並んで歩く様はやはり目立つらしく、人混みの中でもみんな私達を避《よ》けていき、遠巻きに私達を眺めていた。まるでモーセだと他人事《ひとごと》のように思ってしまう。

「そういや離婚の件はどうなったんだ？」

「それが、断られてしまって……」

「なんだって？」

やはりお兄様も想像していなかったのか、ぴたりと足を止めて私へ視線を向けた。

「あいつ、何を考えている……？」

どう考えても全てイルゼが悪いのに、シスコンのナイルお兄様はギルバート様を元々よく思っていないこともあり、疑うような表情を浮かべている。

しばらく考え込む様子を見せていたけれど、やがてお兄様はぱっといつも通りの明るい笑顔を私に向けた。

「大丈夫だよ。俺が別の方法を探しておくから」

「あ、ありがとう……！」

私よりもこの世界や貴族のしがらみ、イルゼやギルバート様についても詳しいであろうお兄様が良い方法を見つけてくれることを祈るしかない。

そんな中、近くにあった小さな古びた建物の看板が目に入った私は「あ」と声を上げた。持ってきていた地図で確認しても間違いないし、ここが例の店だろう。

「この建物に少し用があるの！　少し待っていて！」

「え」

ついてこられては困るため、それだけ言うとお兄様を置いてばびゅんと建物の中に駆け込んだ。

私にとってはまだ兄妹歴二日といえども、身内に「性行為を強要する制約魔法をかけた」なんて地獄のような恥を知られることは絶対に避けたい。

（な、なんだか不気――こほん、雰囲気のある店ね……）

薄暗くて狭い店の中には謎の骸骨や置物、水晶などが並んでおり、小さなテーブル越しに深く黒いローブを被《かぶ》った男性と向かい合う。

そしてギルバート様にかけられた制約魔法を解いてほしいと伝えたところ、衝撃の返答がされた。

「そ、そんな……あと半年は制約魔法が解けない……!?」

思わず大きな声を出してしまった私に、魔法使いの男性は嫌悪感を露《あら》わにしながら、眉を寄せる。

「はい。絶対に絶対に絶対に解けないものにしろ、解けた場合はお前の首を飛ばすと仰ったのはあなた様ですから」

「えっ」

詳しく話を聞いたところ、ギルバート様がイルゼの中で達する、というまでが条件なんだとか。

面倒な客すぎるイルゼに無茶難題を言われて色々な無理を重ねた結果、彼自身も寿命に影響があるという部分の詳細は分かっていないらしい。

確実にギルバート様の身体を蝕《むしば》むけれど、一日遅れるたびにどれくらい寿命が縮まるのかなど、具体的な部分はさっぱり分からないという。

「ああ、それとどちらかが死ねば解除されますよ」

「えっ」

「それが嫌ならあと半年、我慢してください」

淡々としながらも、こちらを責めるような雰囲気を感じる物言いからは、私をよく思っていないことが伝わってきた。

首を飛ばすなどと脅しながら依頼をして、今度はそれを解いてほしいなんて頼んでいるのだから、当然の反応すぎる。

もちろん、死ぬなんて選択肢などあるはずもない。

「……ハイ」

私はもう、小さな声で返事をすることしかできなかった。


失意のどん底で、よろよろと店の外に出る。口からは無限に深い溜《た》め息《いき》がこぼれていく。

「あ、あと半年も月二回、抱かれなきゃいけないの……?」

そんなことは絶対に絶対に避けたいし、ギルバート様だって同じ気持ちだろう。何より寿命がかかっている以上、ギルバート様を見殺しにするわけにもいかない。

「とにかく諦めずに何か別の方法を――」

気を落とさずにいこうと顔を上げた途端、背後から「ドオン！」という耳をつんざくような爆発音が響き渡る。

同時に私の身体は爆風によって思い切り吹き飛ばされ、頬や腕には鋭い痛みが走った。

「――え」

痛む身体を起こし、振り返る。大きな建物があったはずの場所には瓦礫《がれき》の山が積み上がり、火の手が上がっていた。

何が起きたのか分からず、呆然《ぼうぜん》とその様子を見つめていると、お兄様がこちらへ駆け寄ってきた。

「イルゼ、大丈夫か！」

「……一体、何が……」

心から私の心配をしてくれているらしいお兄様は、飛んできた破片によってあちこち怪我をした私を見て、ひどく悲しげな表情を浮かべている。

あちこち血が滲《にじ》んでいるものの、軽傷のようだった。

「大方、例の犯罪組織の仕業《しわざ》だろう。……まさかここまでするとは思わなかったが」

再び爆発が起きた場所へ視線を向けると、燃え盛る建物、逃げ惑う人々や泣き叫ぶ子ども、まさに地獄絵図だった。

(犯罪組織？　そんな設定も小説にはなかったはず……)

分からないことばかりで強い不安や恐怖に襲われ、心臓がどくん、どくんと大きな嫌な音を立てていく。小さく震える私の身体をお兄様は両腕を掴み、支えてくれている。

「ううっ……誰か……たすけ……」

そんな中、すぐ近くで同じく破片で怪我をしたらしい男性が助けを求めながら、血塗《ちまみ》れの手を必死に伸ばしていた。

私とは比べものにならないほど酷い怪我で、頭からは血が流れ続けている。

「薄汚い平民だ、放っておけばいい」

お兄様は苦しむ男性を冷ややかな目で一瞥《いちべつ》し、吐き捨てるようにそう言ってのけた。

「それより、お前の美しい顔を早く治した方が――」

私はきつく両手を握りしめると、お兄様から離れて立ち上がり、男性のもとへと駆け寄った。

「大丈夫ですか!?」

「……っう……」

一番出血の多い頭に手をかざし、すぐに治癒魔法を使う。

すると昨晩やメイドを治した時と同様に、傷が癒えていく。

「……は」

視界の端では信じられない、理解できないという顔でこちらを見つめるお兄様の姿が見えた。

身なりを見る限り、目の前の男性は平民なのだろう。ナイル・ゴドルフィンという人が身分至上主義だということも、もちろん頭では理解していた、けれど。

(……私もいずれ、あんな目を向けられるんだわ)

今は妹として優しく大事にされているから、勘違いしそうになっていた。いずれ全てが明らかになった後も、少しくらいは情を抱いてくれるのではないかと。

けれど彼は間違いなく、私を簡単に見捨てる。

何より生まれ持った立場の違いや価値観の違いがあると分かっていても、傷付いて苦しんでいる人に対してあんな言い方をしたことも許せなかった。

「良かった、治った……」

やがて無事に全ての怪我が治り、ほっと胸を撫《な》で下ろす。

「あ、ありがとうございます……私なんかを救っていただいて、どうお礼をすれば良いか……」

男性は明らかに上位貴族という身なりの私を見て、かなり戸惑った様子を見せている。

それも当然の反応で、平民から貴族に声をかけてはいけないこと、治癒魔法の対価は高額だということなどは、私も小説を読んで知っていた。

「いえ、お礼なんて必要ありません」

余計な心配はさせたくないと思った私は笑顔でそれだけ言うとスカートを握りしめ、別の怪我人のもとへ駆け出した。


「――やはりあれは、イルゼじゃない」

◇◇◇

瓦礫で裂けた足の怪我で泣き叫ぶ小さな子どもの手を握り、涙を流す両親の側で、必死に治癒魔法をかけていく。

「うわあああん、痛いよお……！　うああん……」

「よく頑張《がんば》ったわ。すぐに治すから、もう大丈夫よ」

あれからずっと休みなく怪我人の治療を続けており、両手をかざしたまま、こめかみから流れていく汗を肩で拭《ぬぐ》った。

(こんな小さな子まで……それに怪我人が多すぎる)

まだ大勢の怪我人がいて、崩れた建物の中にもまだ人がいるらしいということも聞いている。

何が起きているのか、今後どうなっていくのか分からないのも、どうしようもなく怖かった。

(それでも――)

周りに広がる悲惨な光景と、過去の記憶が重なる。原形を留《とど》めていない車、サイレンの音、血溜まりの中に倒れる両親の姿。幼い自分の泣き叫ぶ声が脳内でこだまする。

『お母さん、お父さん……やだ、やだよお……』

振り払うようにぐっと唇を噛《か》み締め、前を向く。

あの頃の私は動かなくなったお母さんの身体に縋《すが》り付くことしかできなかったけれど、今は違う。

大勢の人を救いたい、あんな思いをする人がこれ以上増えないようにと、魔法を使い続ける。

(精一杯やっているけど、すごく効率が悪い気がする……)

正しい魔法の使い方なんて知るはずもなく、全て感覚でやっていることもあって、元のイルゼならもっと簡単に短時間でやってのける気がしていた。

そんな中、誰かが近付いてきて視界に影がさす。

「ここで一体、何を……」

見上げた先には今朝ぶりのギルバート様の姿があって、その後ろには護衛や側近らしい男性達が並んでいた。

(どうしてここに……そうだ、何か会議があるとか……)

部屋にあったギルバート様の予定を勝手に探ってまとめたイルゼの手帳に、そんなことが書かれていた記憶がある。その前後で騒ぎを聞きつけ、駆けつけたのかもしれない。

魔法を使い続けながらどう説明しようか悩んでいると、年輩の女性がこちらへ近づいてくる。

「こちらの方が治癒魔法を使って、大勢の怪我人を治療して回ってくださっているんです」

「……なんだと?」

女性の言葉に、ギルバート様の両目が見開かれた。

イルゼが人助けをしているなんて状況、ギルバート様からすれば信じられないのも無理はない。それでも今は説明をしている余裕もなく、私は意を決して口を開いた。

「ギルバート様、重傷者から順に案内してもらえませんか」

手当たり次第に治療をして回っているのが現状で、このままでは救えるはずの命があったとしても間に合わなかった、ということが起きる可能性だってある。

この場にいる人達は自分のことで精一杯で、もちろんそれも当然だと理解しているからこそ、こんなお願いはできそうになかった。

「お願いします！　大勢の人を助けたいんです」

イルゼのことなど信じてもらえるはずはないし、イルゼが発する言葉に何の説得力もないことも分かっている。

それでも必死に、ギルバート様に訴えかけた。

「……分かった」

「あ、ありがとうございます……！」

すると私の気持ちが少しは伝わったのか、ギルバート様は困惑しながらも頷《うなず》いてくれる。

そして怪我人の把握を急ぐよう周りの人々に指示をし、自身も怪我人の元へと向かっていく。

(良かった……これで助けられる人が増えるはず)

公爵という立場ながらナイルお兄様とは違い、身分を問わず大勢の人を救おうとする姿にも、安堵《あんど》してしまった。

「これですべて治ったと思います」

「ありがとうございます、ありがとうございます……！」

涙を流して子どもを抱きしめ、心からほっとする両親の姿に胸がいっぱいになる。あれほど酷かった怪我はもう跡形もなく、改めてイルゼの治癒魔法の凄《すご》さを思い知っていた。

(元のイルゼは大勢を救えるような力を、私利私欲のためだけに使っていたなんて……)

その一方で最初よりもずっと、怪我を治しきるまで時間がかかっていることにも気付いていた。

それでもすぐに次の怪我人のもとへ向かおうと立ち上がったところで、ギルバート様がこちらへ駆けてくる。

「こっちだ」

「はい！」

その後はギルバート様のあとをついていき、ひたすら重傷者の治療を続けた。

比較的軽傷の場合は、近隣の住民や近くの店の人々が薬や包帯を持ち寄って手当てをしている。

「あの、他の治癒魔法使いの人が来たりとかは……」

「治癒魔法使いは希少なんだ。一般市民のために魔法を使うことなどないことくらい、あなたもよく知っているでしょう」

救援が来ないだろうかという期待を胸にギルバート様に質問をしたところ、そんな返事をされた。

私が想像していた以上に治癒魔法は貴重で、使い手達も元のイルゼ同様にお高く止まっている人も多いようだった。


――それからどれほどの時間が経って、どれほどの人を治しただろう。時間感覚もなくなり、数をかぞえる余裕すらなくなるくらい、必死に治療を続けた。

ギルバート様もそんな私の側で何も言わず、ずっと手伝ってくれていた、けれど。

「……次はあなたでも難しいかもしれません」

「えっ？　どういう意、味……っ」

そうして案内された先にいた女性の姿を見た瞬間、私は言葉を失った。

筆舌に尽くしがたいほど――生きているのが不思議なくらい、あまりにも酷い怪我だったからだ。

お腹《なか》の底からせり上がってくるものを、必死に堪《こら》える。

崩れた建物の中心におり、瓦礫の中からようやく救い出された時にはこの状態だったという。

ギルバート様も悲痛な表情を浮かべており、顔を逸《そ》らす人も少なくない。

「お母さん、しっかりして！　お母さん……っ！」

側には泣き叫ぶ女性がいて、彼女の娘のようだった。深くローブを被っていることで顔は見えないものの、ぽたぽたとこぼれ落ちる大粒の雫《しずく》が地面の色を変えていく。

――私は平凡に生きてきたＯＬで、誰かの命を背負うような経験だってもちろんない。

ここで救えなかったとしても私のせいではないし、周りの人だって私を責めることはないだろう。

そう分かっていても、自分に人ひとりの命が懸かったこの状況が怖くて仕方なかった。

「すぐに治療します！」

それでも大きく息を吸って、竦《すく》む足をきつく握った両手で叩《たた》いた後、女性に駆け寄る。私がやらなければ、間違いなく彼女は命を落としてしまうのだから。

「あなたは……」

そんな私を戸惑いながら見つめるフードの女性の姿も、過去の自分と重なって見えて、私を奮い立たせてくれた。

(本当に酷い怪我だわ……傷が深くて、時間がかかる……)

これまでとは比べものにならず、身体中から生気が吸い取られていく感覚がする。

休まず動き回っていたせいか、呼吸が乱れ、目の前が霞《かす》んでいく。

それでも手を止めた途端に命の火が消えてしまうかもしれないと思うと怖くて、魔法を使い続けていた時だった。

「ゲホッ……っう、ごほっ……」

不意に咳《せ》き込んでしまい、咄嗟《とっさ》に口元に手をあてる。

(……え?)

するとそこには、べったりと真っ赤な血が付いていた。

手のひらだけでなく、口から溢れた鮮血もぽたぽたと顎を伝って服や地面に垂れていく。

燃えそうなくらいお腹も喉も何もかもが熱くて痛くて、ぐらりと視界が揺れる。

「ど、して……げほっ……」

「……魔力切れか」

再び咳き込む私の側で、ギルバート様は眉を寄せた。

魔力切れというものが何なのか、私は知らない。けれどこの数時間、ずっと全力で魔法を使い続けていたのは事実で、どんなものにも必ず限りはあるはず。

必死だったこともあって、こんな代償があることを私は想像すらしていなかった。

「もうやめた方がいい、あなたの命に関わります」

「そんな……！」

呆然とする私に、ギルバート様は淡々と告げる。いくら心の底から憎んでいる相手でも、ここで命を落とすことは望んでいないのかもしれない。

「うっ……お母さん……ごめんね……」

「…………」

まだ治療は半分も終わっておらず、素人目《しろうとめ》でも薬などではもうどうにもならないこと、魔法によって治さなければいけないことは分かった。

ここで私が手を止めれば、間違いなく女性は命を落とす。

けれどこのままでは、私の命が危ういという。

(――それでも、諦めたくない)

そう決意して口元の血を手の甲で拭い、治療を再開した。

何もしなければ確実に命が失われるけれど、私が諦めずにいることで、二人とも助かる未来も開けるはずだと信じて。

「……は」

そんな私を見たギルバート様はやはり、信じられないという表情を浮かべていた。

「はあ、……はあっ……」

「どうして、そこまでしてくださるのですか……？」

掠《かす》れた声で女性の娘にそう尋ねられ、もう返事をする余裕もない私は、小さく笑顔を返すことしかできない。

——私は漫画や小説のヒロインみたいに、いつでも他人のために自分の命をかけて全力で頑張ることができ、誰からも愛されるような出来た人間じゃない。

ここが異世界なんて場所で、自分ではない誰かになっているからこそ、できた選択だと思う。昨日の今日で、まだどこか現実味がなかったこともあるかもしれない。

また別の場所で同じような重傷者を前に同じ行動ができるかと問われれば、きっと分からない。

「……っう、……はあ……」

けれど両親が亡《な》くなってひとりぼっちになって、もっとありがとうを伝えれば良かったとか、もっと一緒にご飯を食べれば良かったとか、我《わ》が儘《まま》を言わなければ良かったとか。

些細《ささい》なものから大きなものまで、ずっとたくさんの後悔を抱えて生きてきた辛《つら》い日々を、他の誰かに味わってほしくないという気持ちだけは本当だった。

「……っ」

ぼやけていく視界の端で、ギルバート様がこちらへ手を伸ばしかけた後、きつくその手を握りしめるのが見えた。

本来、小説では誰よりも優しくて正義感の強い彼は、イルゼなんかのことも心配してくれているのかもしれない。

それからも意識が朦朧《もうろう》としながら治療を続け、目に見える外傷がほとんどなくなったところで、女性の指先が動いた。

「……っう……」

「お母さん！　お母さんっ……！」

やがてゆっくりと目が見開かれ、美しいアイスブルーの瞳が現れる。

年齢は三十代くらいだろうか、改めて見るとかなりの美人で、不思議な既視感を覚えていた。

（本当に、本当に良かった……）

涙を流し抱きしめ合う二人の様子を見つめながら、自然と笑みがこぼれるのを感じる。

私が救いたかったのは彼女達だけでなく、あの日の自分自身だったのかもしれない。

そんな中、黒い煙が上がる瓦礫の周りはまだ騒がしく、大勢の人が走り回っていることに気付く。

「他に、怪我人は――」

幸い私自身も無事で、痛みも苦しみも先程より感じなくなっている。

もしかすると平気なのかもしれないと立ち上がろうとした途端、ぐるぐると視界が歪《ゆが》んだ。

「イルゼ！」

ギルバート様がすぐに支えてくれたものの、力が入らず自分の足で立つことすらかなわない。先程より楽になったように感じるのは、逆に危険な状態だからなのかもしれない。

（全く身体が動かない……本当に限界なんだわ）

ギルバート様は確認するようにじっと私を見つめた後、赤い液体の入った小さな瓶を取り出した。

「これを飲んでください。魔力切れの応急処置薬なので、少しは楽になるかと」

「………」

蓋を開けた小瓶を口元に差し出されたものの、全身の力が抜けてしまって呼吸だけで精一杯で、まるで自分の身体ではないみたいに、口を開けることすらできずにいる。

ギルバート様もそれを察したのか眉を寄せると、表情ひとつ変えずに自身が小瓶に口をつけた。

「んんっ……」

そして顔を近づけてきたかと思うと、私と唇を重ねた。突然のことに驚く私の後頭部を掴み、唇をこじ開ける。

やがて口内にはやけに甘ったるい液体が流れ込んできて、口から溢れそうになる。それでも無表情のギルバート様によって蓋をするように、ぐっと深く唇を塞《ふさ》がれた。

「飲み込んで」

合間にそう囁《ささや》かれた私は、なんとか最後の力を振り絞ってごくん、と液体を飲み込んだ。その後すぐに、唇が離れる。

いきなりのことにパニックになりながらも、すうっと全身に何かが広がる感覚がして、一気に身体が楽になっていく。

なんらかの魔法によるものなのか、こんなにも早く薬が効くとは思っておらず、驚きを隠せない。

「な、ななな……っ！」

一瞬で身体が動くようになった私は、ギルバート様を見上げながら自分の口を両手で押さえた。

必要な処置だと分かっていても、気持ちはすぐにはついてきてはくれない。

「もう重傷者はいないようですし、とにかくあなたは帰って休んでください。送ります」

動揺する私とは裏腹にギルバート様は冷静なまま、私をお姫様だっこ状態で抱き上げ、歩き出す。

これ以上面倒なことはするな、大人《おとな》しく黙っていろという強い圧を感じ、ぐっと口を噤む。

「……ありがとう、ございます」

迷惑をかけているのも、自分の足で屋敷まで帰ることすらできないのも事実で、私はそれだけ言うと身体の力を抜いてギルバート様に体重を預けた。

薬が効いても、やはり色々と限界なのには変わりない。

（……あたたかい）

たくさんの人を救えて良かったと改めて思うのと同時に眠気が込み上げてきて、彼の腕の中で静かに目を閉じた。

――そんな私を、ギルバート様がどんな表情で見つめていたのかなんて知らずに。

◆◆◆

「命を救っていただいたのに、お礼を伝えることすらできなかったなんて……シーラ？」

喧騒《けんそう》の中、深く被っていたフードがふわりと風で外され、隠されていた顔と長く美しい金髪が露わになる。

その圧倒的で儚《はかな》げな美貌を偶然目の当たりにした、辺りの人々は一斉に息を呑む。

「イルゼ、様……」

それでもシーラと呼ばれた女性は気に留めることなく、遠ざかっていく馬車を見つめ続けていた。

◇歪《ゆが》んだ心

次に目が覚めた時、私はエンフィールド公爵家の自室のベッドの上にいた。

「あれから二日も寝ていたなんて……」

「お医者様にも診《み》ていただいた結果、やはり魔力切れとのことでした。そちらも治療済みです」

ベッドの上でリタが用意してくれたお水を飲みながら話を聞いたところ、ギルバート様の指示により手厚い治療を受けたらしい。お蔭《かげ》で二日も意識がなかったにもかかわらず、身体《からだ》は驚くほど軽く、すっきりとしていた。

「あの事故に巻き込まれた人は、みんな無事なのよね？」

「はい。あれほどの規模で死者が出なかったのは奇跡だとか」

「良かった……」

きちんと確認できなかったけれど、最後に治療した親子も無事に家に帰れていたらいいなと思う。

(あの様子も大勢の人に見られていたんじゃ……ああ……)

同時にギルバート様に薬を飲ませてもらった時のことを思い出し、顔が熱くなる。もう動けなくなるほどの無理はしないようにすべきだと、深く反省をした。

「奥様と旦那《だんな》様が大勢の人々を救ったという話はもう、かなりの噂《うわさ》になっているようですよ」

「……そう」

「社交シーズンが始まることもあって、奥様へのお手紙や招待状もたくさん届いております。今回の事件についてのお話を聞きたい方も多いのでしょう」

リタは事務的に話しながら、大量の封筒をテーブルの上に置いてくれた。

貴族がみんな噂好きだというのは私でも知っているし、傲慢《ごうまん》なイルゼが不仲な夫と人助けをしたなんて話、誰でも興味が湧くに決まっている。

(はあ……これからどう言い訳をしていけばいいのかしら)

あの時はもちろん必死で、その先のことまでは考えられていなかった。けれどこれから先、元々のイルゼと同じように生きていくつもりはない。

リタだけには「頭を打って記憶が少し抜け落ちている」と話しているけれど、この先ずっとそれで通していくわけにもいかない。そう思った私はリタへ視線を向けた。

「……ねえ、身体が他人と入れ替わる魔法ってある？」

「そんなものがあったら、全《すべ》てを信じられなくなりますよ」

呆《あき》れを含んだ苦笑いを向けられ、この世界にそんな魔法は存在しないのだと悟る。

ただでさえ、今の私は誰からの信用もない。そんな中、世に存在しない方法で「別の人格が入って更生しました」なんて言ったところで、誰も信じてくれないのは明白だった。

特にギルバート様からは「別人になったと適当な嘘《うそ》をついて、過去の罪から逃げようとしている」

ように見える可能性だってあるだろう。

不誠実そのもので、さらに立場が悪くなるのは目に見えている。

（……絶対に黙っていなきゃ）

そう決意した私はベッドから下りると、リタに着替えと食事の準備をお願いすることにした。


それから二時間後、部屋の窓越しに美しい庭園を見下ろしながら、あの日のことや今後のこと、そしてギルバート様とのことを考えていた時だった。

メイドからギルバート様の来訪を知らされ、通すように告げると、すぐにドアが開く。振り返った先には、グレーのジャケットを身に纏《まと》うギルバート様の姿があった。

私の目が覚めた時には彼は留守だったらしいこと、普段より少し華やかな装《よそお》いを見る限り、出先から戻ってきたばかりであることが窺《うかが》える。

「目が覚めたんですね」

「……はい」

無表情のまま私の姿を一瞥《いちべつ》したギルバート様は、淡々とそう言ってのけた。

「本当に申し訳ありませんでした」

そんな彼に向き直り、深々と頭を下げる。

「……それは何に対する謝罪ですか」

すると頭上からは、先程と変わらないトーンの声が降ってきた。ゆっくり顔を上げると、小さく眉を寄せているギルバート様と視線が絡《から》む。

「あの事故現場で不躾《ぶしつけ》なお願いをしたこと――そして、ギルバート様のお母様のことについてです」

もう一度「申し訳ありませんでした」と謝罪をすると、彼のすみれ色の両目が見開かれた。

――必死だったとはいえ、今思えば「イルゼ」がギルバート様に対し大勢の人を救うのを手伝ってほしいと頼むのは、ひどく酷なお願いだった。

お母様を救ってほしいというギルバート様の切実なお願いに対し、イルゼは結婚や性行為まで強要したのだから。

それなのに見ず知らずの他人のために命の危険を冒してまで治癒《ちゆ》魔法を使って救うなんて、ギルバート様からすれば理解しがたく、複雑な気持ちになったに違いない。

（……普通なら、腹を立ててもおかしくはないのに）

私の行動を責めるどころかギルバート様は嫌な顔もせず、できる限りのことをしてくれた。そんなギルバート様に対し、心から感謝をしている。

「助けてくださったことも、ありがとうございました」

少しでも感謝を伝えたくて、もう一度深く頭を下げた。

「…………」

ギルバート様は口を閉ざしたままだったけれど、再び顔を上げた私は続けた。

「過去の行いを消すことはできませんし、ギルバート様に許してもらえるとも思っていません。それでも今は全てを深く反省していて、変わりたいと思っています」

そして今後のことをよく考えた結果、イルゼの罪を背負った上で誠実に生きていくことを選んだ。

当初は今から半年ほどで更生するなんて絶対に無理だと思っていたけれど、私自身は無関係だからといって、全てから逃げた先に幸せが待っているとは思えなかった。

この先イルゼとして生きていくのであれば、絶対に過去も罪悪感もつきまとう。

だから今は、できる限りのことをしたいと思っていた。

（……それに、変わりたいという気持ちは嘘じゃない）

前世での私はずっと目標も夢もなく、ただぼんやりと生きているだけの自分が嫌いだったから。

とはいえ、いくら頑張《がんば》っても娼館《しょうかん》に売り飛ばされそうになってしまった場合だけは、全力で逃げようと思う。

「……たくさんの人を救えて、本当に嬉《うれ》しかったんです。これからは、この力を役立てていきたいと思っています」

この世界でやりたいことも、見つけられた気がしていた。

ギルバート様から目を逸《そ》らさず、少しでもこの気持ちが伝わりますようにと祈りながら、言葉を紡《つむ》いでいく。

彼からすれば自分勝手なことを言っている自覚はあるけれど、私自身の正直な気持ちだった。

「制約魔法のことも、解決方法を探します」

絶対に離婚しないと言われてしまったものの、いずれシーラと出会えば私が邪魔になって、ギルバート様の方から離婚したくなるはず。

それまでに少しでも更生した様子を見せつつ、二人を祝福して消えることこそが今の私の生きる道だと思っている。

「……それで？」

ずっとガラス玉のような瞳で私を静かに見つめていたギルバート様に、冷ややかに尋ねられる。

「なので私のことはこれまで通り、放っておいてもらえたらと」

そして一番伝えたかったことを、はっきりと口にした。

彼の思惑は分からないものの、制約魔法のことだって解決していない以上、今すぐに離れることはできない。

だからこそ、これが無意味で意志に反した結婚生活を送るお互いにとって最善だと思った、のに。


「──嫌です」


静かな部屋に響いたのは、そんな言葉だった。

「えっ？」

「嫌だと言ったんです」

聞き間違いをしたようだと思ったのも束《つか》の間《ま》、ギルバート様はもう一度ご丁寧《ていねい》にはっきりと繰り返してくれた。

「ど、どうして……」

「あなたのことを愛しているから、とでも言えば納得してくれますか？」

貼り付けた笑顔でそう言われ、呆然《ぼうぜん》としてしまう。

「これまで寂しい思いをさせてしまったので、今後はもっと夫としての責務を果たしていこうかと」

「なっ……」

その上、距離を詰められ腰を抱き寄せられ、耳元でそんなことを囁《ささや》かれた。

（な、なんでいきなり……私が改心しそうだから、なんて優しい理由じゃないはず）

美形に迫られ甘い言葉を囁かれているという状況なのに、恋愛のときめきではなく得体の知れない恐怖感により、心臓は早鐘を打っている。

「い、嫌で――結構です！　放っておいてください！」

「夫婦は愛し合うべきものだと、いつも俺にご高説を垂れていたのはあなたでしょう？」

嘲笑《あざわら》うような笑みを浮かべたギルバート様によって両手首を掴《つか》まれ、ぐっと窓に押し付けられる。

背中にはひんやりとした感覚が広がり、気が付けばすぐ目の前に彼の顔があった。

「なん……っん、やめっ……」

次の瞬間にはもう、噛《か》み付くように唇を塞《ふさ》がれていた。

無理やりのキスに抵抗しようと口を開いた途端、さらに深く口付けられてしまう。

「っんん、……やっ……う、……！」

キスの仕方なんて知るはずもないまま口内を蹂躙《じゅうりん》され、息苦しさで視界がぼやけていく。

優しさの欠片《かけら》もない、乱暴で一方的なキスだった。

「はっ、良い顔ですね」

「……っ」

ようやく解放された時にはもう、その場に立っているだけで精一杯で。涙目で睨《にら》むことしかできない私を至近距離で見下ろすギルバート様は、綺麗《きれい》に口角を上げた。

（こんなの、嫌がらせ以外のなんでもない）

そして私は、気付いてしまった。

気付かされた、というのが正しいのかもしれない。

歪《ゆが》んでいたのは——歪んでしまったのは元のイルゼだけではなく、ギルバート様には私を許す気など到底ないということに。

◇イルゼとシーラ

「……はあ、本当に本当に酷《ひど》い目に遭ったわ……」

平民服と変わらない地味な服装を身に纏《まと》い、帽子を被《かぶ》った私は、溜《た》め息《いき》をつきながら王都のはずれを歩いていた。常に足腰が痛くて、身体《からだ》中がだるくて仕方ない。

そう、昨晩は例の制約魔法による、月に二回のギルバート様とのあの日だった。

ここ数日、元のイルゼのストーカー手帳に真っ赤なハートが描かれていて「これはなんだろう？」と嫌な予感がしていたものの、その日をウキウキで待っていた形跡らしい。

『俺から目を逸《そ》らさないでください』

『……っ』

『自業自得でしょう？』

今回も終始ギルバート様に翻弄《ほんろう》され、ひたすらされるがままだった。たくさんの知らない感覚の波に呑《の》まれ、自分が自分でなくなるような感覚が怖くなり、涙が止まらなくなる。

ギルバート様はイルゼを知り尽くしている感じがして、もう無理だと伝えても、彼は聞く耳を持ってはくれなかった。

『はあっ……、ど、して……』

『短時間であなたを満足させるために、努力したんですよ』

それなのに今回も前回も朝までコースだったのは、私が嫌がる素振《そぶ》りや抵抗する様子を見せていたからに違いない。

涙を浮かべる私を見下ろすギルバート様の顔には愉悦が浮かんでいて、泣き顔がよっぽどお気に召したらしい。

(制約魔法っていう名目のもと、イルゼを好きに虐《いじ》められるのは気分がいいんでしょうね)

前回から時間が経《た》っていなかったのは、ギルバート様はいつもこの二回ノルマをギリギリまで先延ばしにするらしく、月末に続くことが多いからだと今朝リタから聞いた。

私個人としては何もかも迷惑で腹立たしいものの、ギルバート様の境遇を自分に置き換えて考えてみたら、ゾッとした。

——好きでもない相手と結婚し、異性と少しでも関わるたびに大激怒され、いつでもどこでも裸で迫られた挙句、愛の言葉や卑猥《ひわい》な言葉とともに性行為を強要されるなんて、私ならとっくにおかしくなっていると思う。

そんな相手を許すことだって、一生できない気がする。

(もう悪役キャラの私にはどうにもできないところまで来ているし、早くシーラになんとかしてもらわないと……)

そう思った私はヒロインパワーに救いを求め、重い身体を引きずってシーラの捜索を始めた。

小説の時間軸で今どの辺りなのか正確には分かっていないものの、さっさと二人を出会わせるべきだと思ったからだ。

本来より多少時期が早くなったところで大きな問題はないだろうし、私がシーラを殺そうとせずに親切にすれば、無事に逃げ切れる可能性も高くなるはず。

シーラは誰よりも心の優しい女性だし、私がピンチになったとしてもギルバート様を止めてくれるかもしれない、という下心も物凄《ものすご》くある。

何より愛する女性と出会えば、たとえ制約魔法が解けなくとも朝までコースの嫌がらせなんてしなくなるはず。現状、私としてはこれを最優先になんとかしたかった。

（シーラと恋に落ちればギルバート様は幸せになる上に、私はまた放置されるようになるだろうし、一石三鳥ね）

さすがの公爵家の情報網で、今朝「シーラ・リドリーという十八歳の平民女性について調べてほしい」とお願いしたところ、数時間後には住所まで報告が上がってきた。

お願いしておいてなんだけれど、この世界の平民には個人情報保護法のようなものは存在しないのだろうか。

申し訳ないものの、これはシーラのためでもあると自分に言い聞かせ、私は住所が書かれた地図を握りしめた。

この先シーラは貧しくて辛《つら》い平民生活から一転、公爵夫人として華やかで幸せな生活を送ることになるのだから。

ちなみに屋敷を出る際、出会《でくわ》したギルバート様に恐ろしいほど気さくに声をかけられた。

『どこへ行くんですか？　ずいぶん元気そうですね』

『ちょ、ちょっとお散歩に……』

後半は副音声で「もっと虐めてやれば良かった」という言葉が聞こえてきた気がして、逃げ出したくなった。

『俺も同行したいところですが、残念なことにこれから予定があるので、護衛をつけますね』

『い、いえ！　結構で――』

『大事な妻に何かあっては困りますから。また無理をされて死にかけられても迷惑ですし』

『……ハイ』

笑顔の圧を受けながら先日の話を持ち出され、反論できなくなる。そして、大事な妻とやらはどこにいるのだろう。

そんなこんなで今現在、私の隣にはギルバート様の護衛――ではなく、彼の側近らしい黒髪の美形男性の姿があった。名前はモーリスというらしい。

私を監視するため、信頼している人間をつけたのだろう。執事らしくない長めの髪を緩く結んでいる彼をこそっと見上げると、ばっちり目が合ってしまった。

「ああ、普段は屋敷勤めの俺が護衛では心配ですか？　こう見えて腕は立つのでご心配なく」

「あ、ありがとうございます……」

にっこりと笑顔を向けられたけれど、ギルバート様同様に胡散臭《うさんくさ》い。それでいて彼もイルゼのことが嫌いだと私の勘が言っており、極力関わらないのが吉だと判断した。

「シーラ・リドリー様とはどのようなご関係で？」

「えっ……い、以前、街で助けてもらったお礼をしたくて」

私はまだ彼に何も話していないのに、既にシーラのことまでバレているらしい。暗に「しっかり見張っているからな」と言われているようで、どきりとしてしまった。

「なるほど。奥様はとても律儀な方なんですね」

「……本当に思ってる？」

「はい、それはもう」

「………」

彼は信用できないと察した私は気持ちを切り替え、小さな家が並ぶ住宅街を見回した。

この辺りは平民が住む区画だそうで、治安もあまり良くないんだとか。

シーラとコンタクトを取った後は、例の犯罪組織についても調べたいと思っている。犯人はまだ捕まっていないらしく、またあんな事件が起きるかもしれないと思うと怖かった。

（そういえば、いつの間にかナイルお兄様の姿もなくなっていたけれど……大丈夫かしら）

緊急事態だったこともあり、平民に対して心ない言葉を放ったお兄様を放置し、駆け回ってしまったことを思い出す。

人助けをする様子を見られた以上、お兄様だってイルゼの言動を怪しんでいるはず。

彼に対しても改心したという体《てい》で何とかなるだろうかという不安もあり、まだまだ問題は山積みだった。

（とにかく今は、さっさとギルバート様が私と関わりたくなくなるような展開にしてやるわ！）

ふふんと心の中で嘲笑《あざわら》いながら、私は地図の指し示す家の前で足を止めた。

「こ、ここがシーラの家……!?」

想像していた以上に小さくてボロボロで、あの天使のようなヒロインがここに住んでいるなんて、信じられない。

本来は公爵令嬢という立場なのに、派手な生活をしているイルゼとはひどい差だった。やはりシーラのためにも、少しでも早く本来の立場に戻してあげるのが良いだろう。

「あの、すみません」

ドアをノックして声をかけると、中からは「はーい」という少し年上らしい女性の声がした。

読者として想像していたシーラの声とは解釈不一致だったけれど、シーラは一人暮らしだったはずだし、本人のはず。

「お待たせしました、って、あなたは……」

ドアの前で憧れのヒロインとの対面をドキドキしながら待っていた私は、やがて現れた人物を見た瞬間、息を呑んだ。

「どうして、あなたがここに……」

そこにいたのはなんと、先日あの事件現場で最後に助けた女性だったからだ。顔色もとても良く元気そうで、やはり年齢を感じさせないほどの美人だった。

「お母さん？　どなたかお客様がいらした、の――」

「……え」

驚きながらも無事で良かったと思っていると、女性の奥からさらに人影が現れる。

そして彼女も私もお互いの姿を見た瞬間、石像のように固まってしまった。

（本物のシーラだわ……）

絹のように輝く美しい金髪に、イルゼより少し濃いアイスブルーの瞳。小さな顔には果実のような桃色の唇、すっとした鼻、金色の睫毛《まつげ》に縁取られた大きなふたつの目が並んでいる。

イルゼだって信じられないほどの美人だけれど、シーラは可愛《かわい》い雰囲気を纏いつつ儚《はかな》さもあって、言葉では言い表せないくらいに愛らしかった。

色々言いたいことがあったはずなのに「下界にも天使って存在したんだ」なんて陳腐《ちんぷ》な感想しか出てこないくらいに。

（……待って、今「お母さん」って言った？）

大好きなヒロインを前に感動しきっていたものの、我に返った私はシーラと女性を見比べた後、口元を手で覆った。

――小説の中でシーラは孤独な一人暮らしの中、ギルバート様と出会う。過去に母親を亡《な》くしたと書いてあったけれど、もしかしなくても私がその母親を救ったのではないだろうか。

そして、つまり。

（この人が、イルゼの本当のお母さん……）

イルゼと同じ色の瞳や美貌にも納得がいく上に、先日感じた既視感の正体はこれだったのだと、今になって気付く。

あの日は深くフードを被っていたから顔は見えなかったけれど、声だって間違いなく同じだった。

何もかもに対して驚きを隠せずにいる私の右手を、女性は両手で宝物のように包んだ。

「本当に、本当にありがとうございました……！　命を救っていただいたのに、先日はお礼も言うことができず……」

目にいっぱいの涙を浮かべる女性からは、心から感謝してくれているのが伝わってくる。

そんな女性を制止するかのように護衛の男性が手を伸ばしたけれど、私は首を左右に振った。

本来、平民が公爵家の人間に触れるなんて、あってはならないことだというのも分かっている。

それでも私は触れられていない方の手で、そっと女性の手を握り返した。

「いえ、元気なお姿を見られて良か、った、です……！」

すると突然ぽろぽろと涙が溢《あふ》れて止まらなくなって、女性やシーラ、そして護衛の男性の顔に困惑の色が浮かぶ。

ごめんなさい、と慌てて女性から手を離して涙を拭《ぬぐ》ったものの、止まってくれそうにない。

（……私「お母さん」を助けられたんだ）

もちろん目の前にいる女性が、実際には私自身とは縁もゆかりもない相手だと分かっている。それでも無性に泣きたくなってほっとして、どうしようもなく嬉《うれ》しかった。

「ぐすっ、本当にすみません、こんないきなり……」

「イルゼ様……ありがとうございます」

「えっ？　何がですか……？」

「本来ならお話をすることすら叶《かな》わないくらい高貴なお方なのに、見知らぬ平民のために涙まで流してくださって……」

「いやあの、そういうわけでは……」

「ええ、イルゼ様は女神様のようなお方です。ご自身も限界だったはずなのに、命懸けで救ってくださったんですもの」

なぜか私の名前を知っていた二人は心底感動した様子で、口々に私のことを褒め称《たた》えている。

勝手に自分の過去と重ねてセンチメンタルになっていただけなのに、二人の目には慈愛に満ちた姿に映ったらしい。

「旦那《だんな》様である公爵様も素晴らしいお方で、身分を問わず大勢を救おうとするお二人の姿には本当に感動しました。なんて素敵なご夫婦だろうと、胸を打たれてしまって」

「あっ……ありがとうございます………」

「もしかして今日は私なんかの心配をして、こんなところまで来てくださったのですか……？」

「そ、そんなところ、ですかね………」

「イルゼ様……ありがとうございます……！」

このとてつもなく感動溢れる空気の中で「その夫とシーラさんに愛し合ってもらいたくて来ました」なんて馬鹿《ばか》げたことを言えるはずもなく。

私は必死に笑顔を作り、話を合わせることしかできない。

「おや？　奥様の仰《おっしゃ》っていたお話とは随分違いますね」

「私ってば、助けられたと助けたを言い間違えちゃったみたい……おほほ……うっかり……」

耳元で護衛にそう囁《ささや》かれ、無理のありすぎる強引な言い訳をしておく。これは絶対にギルバート様への報告コースだろうと思いながら、ここからどうしようと内心頭を抱えた。

◇◇◇

それから十分後、私はシーラとともに近くの草原を並んで歩いていた。

シーラのお母さんはあの日、血を流しすぎたこともあってまだ安静にする必要があるらしい。

そもそもシーラと二人で話をしたかったため、護衛の男性にも離れた場所で見守っているようお願いしてある。

「イルゼ様にまたお会いできると思っていなかったので、本当に嬉しいです」

「私もシーラ……シーラさんと会えて嬉しいです」

あの日、ギルバート様が私をイルゼと呼んだのを聞き、名前を覚えてくれていたらしい。こうしてシーラと並んで歩いているなんて夢みたいで、ドキドキしてしまう。

それでいて肩が触れ合いそうなくらい距離が近くて、落ち着かない。私からすれば憧れの芸能人が隣を歩いているようなもので、緊張しっぱなしだった。

ふわりと風が吹くたび、シーラからは甘い花のような香りがして、私が異性だったら恋に落ちていたに違いない。

「ふふ、イルゼ様さえよければ、ぜひシーラと呼んでください」

「本当？　じゃあお言葉に甘えて」

いちいち笑顔も眩《まぶ》しくて、声だって想像していた通りで甘くて可愛らしい。どこまでも完璧なヒロインで、ギルバート様だってナイルお兄様だって夢中になるのは当然だった。

「……私はずっと母と二人で暮らしていて、母が私の全《すべ》てだったんです。イルゼ様が助けてくださらなければ、今頃はひとりぼっちになって、どうなっていたか分かりません」

「シーラ……」

「本当にありがとうございました」

シーラは足を止めると私に向き直り、深々と頭を下げる。私は慌ててシーラの手を取り、顔を上げるようお願いした。

「もう十分お礼を伝えてくださったので、大丈夫ですよ」

「でも、どうお礼をすれば良いのか……お恥ずかしながら、私には何もありませんから」

切なげに微笑《ほほえ》むシーラに対して「あなたは本当は公爵家の生まれなんです」と言いかけて、ぐっと堪《こら》える。

お母さんの話を聞いて、彼女にとってどれほどその存在が大きいのかも伝わってきた。

そんな中、今ここで私の口から「実は二人は本当の家族じゃない」と伝えるのは違う気がする。

もし伝えるにしても別の、彼女の心が落ち着いたタイミングがいいだろう。

(そもそも、私が勝手にしたことだもの)

けれどここで「何かあった時に助けてほしい」くらいお願いしておくべきなのかもしれない。

それでも、心から私に感謝をしてくれているシーラに対して、利用するようなことはしたくないと思ってしまった。

「……実は私ね、ずっとシーラに憧れて励まされていたの」

「えっ？」

私はシーラの手を両手で握りしめながら、続けた。

「元々あなたを一方的に知っていて、どんな状況でも誠実でまっすぐな姿を見ているだけで私も頑張《がんば》れて……あ、お母様を助けることができたのは偶然なんだけど」

小説を何度も読んで、シーラに励まされていたのも、憧れていたのも全て本当だった。

同じく家族を亡くしてひとりぼっちの中でもシーラは強くてまっすぐで、それでいて他人を心から思いやり続ける凛《りん》とした姿に、何度も心を動かされていた。


「本当に、本当に大好き」

そんなシーラとこうして実際に会えたこと、言葉にするとさらに好きの気持ちが大きくなって、笑みがこぼれる。

すると同時にシーラの両目が、大きく見開かれた。

（……はっ）

そこでようやく一方的に姿を見ていて「大好き」なんて伝える、気色の悪いストーカーのような存在になってしまっていることに気が付き、冷や汗が止まらなくなる。

こちらは画面の向こうの推しに「大好き」「いつもありがとう」と感謝を伝えるような気持ちだったけれど、私が何も知らないシーラの立場だったなら、怖くて普通に泣くと思う。

「ご、ごめんなさい！　いきなり一方的にこんなことを言われても気持ち悪いですよね」

「…………」

「あの、それで何が言いたいかと言うと、お礼はもう十分もらっているってことで――っ」

やらかしてしまった、オタクの悪いところが出た、もうさっさと帰った方がいいだろうと思った瞬間、シーラの手を掴《つか》んでいた手をぐいと引かれる。

そして気が付けば、視界は彼女でいっぱいになっていた。

一体何が起きているのだろうと、頭が真っ白になる。

何かの間違いだと思っても、感じられる体温や感触、全てがリアルで現実だと思い知らされた。

「……恥ずかしいです」

やがてシーラは私からそっと離れ、幸せそうにふわりと微笑んだ。頬を赤く染める照れた表情も驚くほど可愛くて、ヒロインはすごいなあなんてどこか他人事《ひとごと》のように思う。

（えっ……シーラは今、何を……な、なんで……？）

まだ唇に残る柔らかな感覚に呆然としている私にシーラはするりと抱きつき、甘えるようにそっと背中に手を回した。

怒涛《どとう》の展開に、パニック状態の私は動けないまま。

「イルゼ様のお言葉、全て本当に本当に、嬉しかったです。私も全《まった》く同じ気持ちだったので」

「お、同じ……？」

「はい。あの日、イルゼ様に出会ってからずっと胸がドキドキしていて、苦しくて切なくて……あれから毎日、イルゼ様のことばかりを考えていました」

どこかで聞いたことのあるセリフだと思っていたものの、小説の中でシーラが告白時、ギルバート様に伝える言葉によく似ていることに気付く。

そんな超重要なものがどうして私なんかに向けられてしまっているのか、さっぱり理解できない。

シーラが顔を上げたことで、至近距離で視線が絡《から》む。宝石のような両目に映る私は、ひどく間抜けな顔をしていた。

「イルゼ様、お慕いしております」

「…………」

「美しくて強くて、優しくてまっすぐで……こんなにも誰かに心が動いたのは初めてでした」

パニックでまともに働かない頭で必死に考えた結果、母親を救った私に対しての感謝の気持ちを、何か別の感情と勘違いしてしまっているのではないかという結論に至った。

シーラのお母さんの怪我《けが》は本来、命を落とすくらいの酷《ひど》いもので、助かったのは奇跡に近い。

その上、私まで吐血して死にかけるという、いらないドラマチックな見せ場もあったことで、あの場にいたら誰だって嫌でも心が動いてしまうはず。まさに吊《つ》り橋《ばし》効果の極み。

シーラが私を好きだなんて言い出しているこの状況にも、ある意味納得ができてしまった。

（もちろん、大好きなシーラの気持ちは嬉しいけれど、求めていたのはこれじゃないというか……）

恋愛経験がない私でも、彼女から向けられているものが友愛ではないことくらいは分かる。

私が熱烈な告白をしたことで、ある意味両想いとも言える状況だったけれど、シーラがいきなりあんなことをしたのも驚きだった。

私の知る小説でのシーラは、控えめで恥ずかしがりやで、いつもギルバート様に押されていた印象があったからだ。

そもそも矢印の向く方向が間違いすぎていて、このままでは謎の百合《ゆり》展開により原作が大崩壊してしまう。

まずいと思った私はシーラの両肩を掴み、距離を取った。

「あの、お気持ちは大変ありがたいのですが、何かとてつもない誤解というか、勘違いをされているかと……」

「いいえ、勘違いなんてしていません」

けれどシーラは笑顔のまま、はっきりと否定してのける。

「イルゼ様のためなら、どんなことでもします。ですから、お慕いしていてもいいですか……？」

熱を帯びた瞳を向けられながら、私は一体どこで間違えてしまったのだろうと内心頭を抱えた。

◇◇◇

シーラとの一連の出来事で衝撃を受けつつ、なんとか公爵邸に帰宅した。

豪華な食事の味すらよく分からないまま夕食を終え、ふらふらと食堂を後にする。

(今後、シーラとどう関わっていけばいいの……?)

あれはきっと愛情というより、崇拝に近い。

頭を悩ませながらふらふらとエンフィールド公爵邸の廊下を歩いていると、ギルバート様に出会してしまった。

「ふらついていますが、部屋まで運びましょうか?」

「け、結構です……」

とにかく今日も心身ともに削られてしまったし、さっさと寝て一度落ち着いてから今後の対策を立てたい。

こんな状態ではボロが出てしまいそうで、ギルバート様ともこれ以上関わらず、そそくさと部屋に戻ろうとしたのに。

「そういや今日は白昼堂々、浮気をしていたそうですね」

「げほっ、ごほっ……う、うわ……?」

「夫以外の人間とキスをしたなんて、浮気以外の何物でもないと思いますが」

笑顔のギルバート様に爆弾を落とされ、その場で倒れそうになった。あの護衛——ギルバート様の側近が親切丁寧に報告してくれたのだろう。

「あ、あれはなんというか、挨拶《あいさつ》みたいなものです！　女性同士ですし、スキンシップ的な」

「……へえ？」

壁際に追い詰められ、ギルバート様の文句のつけようがない顔が一気に近づく。

「スキンシップでしたら、俺達も取り入れましょうか」

「本当に結構です」

「結婚式以来、一度もしてくれないと泣いていたのに、ひどい変わりようですね」

「……えっ？」

短く笑ったギルバート様の言葉に、引っ掛かりを覚える。初めて彼に抱かれた日から、何度もキスをされた記憶があったからだ。それも全て嫌がらせなのだろうか。

やはりよく分からない人だと思いながら、再び去ろうとしたところ、今度は腕を掴まれた。

「それと来週末のパーティーですが、俺も同行しますので」

「パ、パーティー……？」

「あなたのご両親の結婚記念日のお祝いです。毎年ゴドルフィン公爵邸で行われているでしょう」

もちろん初耳だったたし、元のイルゼのストーカー手帳にも何も書かれていなかった。

どうでもいいことばかり書いて、肝心なことは書いていないのが本当に腹立たしい。

（どうしよう、パーティーって何をするの……？）

たくさんの貴族が集まるパーティーなんて場で、上手《うま》く立ち回れるだろうかと不安になる。所作やマナーなんかはイルゼの身体が覚えていたけれど、知人どころか両親の顔も分からないとなると、さすがに怪しまれるに違いない。

それでも今回のパーティーから逃げたところで、こういった機会は次々とやってくるはず。明日から必死に勉強をして何とか乗り切るべきだろうと、腹を括《くく》る。

それと同時に、ふとひらめいてしまった。

(もしかして、シーラとギルバート様を出会わせる良い機会なのでは……？)

——小説での二人の出会いは、シーラが日曜いのメイド仕事をしていたパーティーだった。

そこでギルバート様とシーラはお互いに一目惚《ひとめぼ》れをして、身分違いの恋が始まる。

それからも運命に導かれた二人は、様々な場で偶然再会しては、互いにより惹《ひ》かれていくのだ。

けれど二人には公爵と平民という身分差だけでなく、イルゼという悪妻がいる妻帯者という、数々の障害があった。

そして誠実な二人は愛の言葉を口にすることもないまま、ただ想い合うだけの日々を過ごす。

(本っ当に最高に切ない両片想いなのよね……)

けれど物語の終盤でイルゼとシーラの取り違えが発覚し、全てがひっくり返ってハッピーエンドという物語だった。

とにかくシーラをパーティー会場に呼び出し、ギルバート様と出会わせれば物語や恋は始まるのではないだろうか。

先日の事件現場ではシーラは深くフードを被っていて顔は見えなかったし、シーラもギルバート様に一目惚れをする余裕だってなかったはず。やはり全てをやり直すべきだろう。

(まずは明日、シーラに手紙を送らないと)

このままシーラに私への妙な恋心もどきを抱かせたままではいけないし、きちんとギルバート様と出会ってもらい、目を覚ましてもらいたい。

そんなことを考えていると、ギルバート様が目の前で私の顔を覗《のぞ》き込んでいることに気が付いた。

「一人で百面相をしていましたが、大丈夫ですか」

「はい、大丈夫です！　来週末のパーティー、絶対に一緒に行ってくださいね！　約束ですよ」

「……ええ、そのつもりです」

つい前のめりになってしまい眉を寄せるギルバート様を他所《よそ》に、私は新たな打開策を胸に自室へと軽快な足取りで向かったのだった。

「あの、奥様……も、もう少しテンポを早くしていただくと、より素晴らしくなるかと……」

「あ、ありがとう……こうかしら？」

私は現在、エンフィールド公爵邸内の広間にて、必死にダンスの練習をしている。

指導はリタから聞いた、ダンスが得意だという子爵令嬢のメイドにお願いしていた。やはり私に怯《おび》えているようで、申し訳ないくらいに気を遣ってくれている。

イルゼはダンスも得意だったらしく、ステップなんかは身体《からだ》が覚えていたものの、この世界の音楽を知らないという大問題があり、上手《うま》く合わせて踊ることができずにいた。

(そもそも、ダンスタイムって一体何なのよ……)

なんとゴドルフィン公爵邸で行われる結婚記念日パーティーでは、公爵夫妻を囲んでダンスをするという、意味の分からない時間——通称ダンスタイムがあるらしい。

普通のパーティーにはそんなものはないらしく、さすがイルゼの育ての親だと妙な納得さえした。

午前中は社交の場でのマナーや、イルゼの友人、招待されるであろう主要貴族などの情報を必死に詰め込んでいた。もう時間がなさすぎて、常に焦燥感に襲われ続けている。

ちなみにシーラには昨日のうちに「来週末にお願いしたい仕事がある」と手紙を出してあった。

「ぎゃん！」

ド下手《へた》くそなくせに考え事なんてしたせいで、足がもつれてベタな転び方をしてしまう。体調不良を装ってダンスだけは諦めようかな、なんて思いながら顔を上げた時だった。

「……何をしているんですか」

明らかに引いた表情を浮かべるギルバート様が私を見下ろしていて、気まずい空気が流れる。

「その、ちょっと運動を……」

「今朝から国の主要貴族について調べたり、ダンスの指導を頼んで練習したりしていると報告を受けました」

「…………」

「何の真似《まね》ですか？　ダンスだって得意分野でしょう」

この屋敷での行動は全《すべ》て筒抜けらしく、隠し事はできないと観念し、半分くらいは本当のことを伝えることにした。

「……その、信じてもらえないかもしれませんが、頭を打ってから本当に記憶が一部なくて……ダンスの曲も思い出せないせいで、上手く踊れないんです」

「…………」

ギルバート様はじっとこちらを見つめた後「そうですか」とだけ言い、私の腕を掴《つか》んで引っ張り上げてくれた。

信じてくれたようには見えないけれど、ひとまずこれ以上の追及はされなさそうで、ほっとする。

「あ、ありがとうございます……」

「いえ。それと当日、前の予定が長引くかもしれないので、お一人で会場へ向かってもらえますか」

「はい、分かりました！」

シーラのこともあるし、こちらとしても別行動できるのはありがたい。だからこそ笑顔でそう返したのに、ギルバート様はなぜか眉を寄せた。

「どうかしましたか？」

「……いえ、別に」

そしてそれだけ言って、去っていく。本当によく分からないと思いながら、ダンスの特訓を再開したのだった。

◇◇◇

そして迎えた、パーティー当日。

私はパーティーが始まる数時間前に、一人でゴドルフィン公爵邸へやってきた。公爵邸が想像以上に豪華でド派手で、ギラギラのイルゼとナイルお兄様の生家という感じがする。

「おお！　よく帰ったな、イルゼ」

「イルゼ、おかえりなさい」

玄関ホールで出迎えてくれた両親――ゴドルフィン公爵夫妻は、さすがのナイルとシーラの両親でかなりの美男美女だった。

公爵はお兄様によく似ており、二十五歳の子どもがいるとは思えない若々しさで驚いてしまう。

そして大粒の宝石がついたアクセサリーをじゃらじゃらと全身につけていて、ド派手でギラギラなお兄様の好みは父親譲りなのだろう。

公爵夫人はおっとりとした口調とはギャップのある派手な美女で、鼻や口元はシーラに似ていた。目元も似ているような気がしたけれど、化粧が濃いせいではっきりとは分からない。

「普段からもっと顔を出せと言っているのに、お前ときたら……」

「ふふ、愛する男性の側《そば》から離れたくないという気持ちは分かりますわ。私もですもの」

「そう言われてしまうと、何も言えなくなるじゃないか」

「……………」

両親には中身が別人だとバレるかもしれないと思ったものの、結婚記念日パーティーをするだけあってお互いしか見えていないらしく、事なきを得た。

少し話しただけでも、二人はとても優しそうでまともな感じがする。この両親に育てられたはずのイルゼがどうしてあんなにも歪《ゆが》んでしまったのか、不思議なくらいだった。

「おかえり、イルゼ。待ってたよ」

「お兄様！　ただいま」

居間に移動したところで爽《さわ》やかな笑みを浮かべたナイルお兄様が現れ、当然のように抱きしめられて頬にキスをされる。

恥ずかしくて仕方ないものの、ぐっと堪《こら》えて笑顔を作り続けた。

(良かった、いつも通りだわ)

シーラに一日メイドとして働いてもらう以上、内部に協力者がいなければ上手くいかないと思った私は、事前にお兄様に協力を頼んでいた。

あの事件の日のことを謝罪しつつ、知り合いを一日だけメイドとして雇いたいというお願いの手紙を送ったところ、すぐに快諾の返事がきた。

手紙の文面も妹への愛情に溢《あふ》れていたし、あの日のことは気にしていないのかもしれない。

(……でも、これだけ変化があるのに何も言わないなんて、おかしい気がする)

そうは思っても、自分から「最近の私、別人みたいでおかしいと思わないの？」なんて尋ねるわけにはいかないし、余計なことは言わないに限る。

ひとまず相手から突っ込まれないうちは、警戒しつつ黙っていようと思う。

「もうあの子もメイド長の下で準備をしているはずだよ」

「ありがとう、助かったわ」

「かわいいイルゼの頼みだからね。お前にああいう知人がいたのは意外だったけど」

お兄様の言うあの子——シーラも「絶対に行きます」と翌日には返事をくれていた。

シーラは元々メイドの経験もある上に、公爵家としてもこういった大きな催しの時だけ外部から人手を借りることも少なくないようで、すんなり馴染《なじ》むことができているらしい。

「お兄様もシーラに会ったの？」

「一度、廊下ですれ違ったよ。それがどうかした？」

「……ううん、何でもないわ」

いずれ溺愛《できあい》することになるあれほどの美女でも、今は「平民」という括《くく》りである以上、何の興味もないようだった。ここまでくると、清々《すがすが》しさすら感じてしまう。

想像以上に計画は順調で、あとはパーティーの最中にさりげなくギルバート様とシーラを誘導し、どこかお洒落《しゃれ》な場所で二人を出会わせることができれば完璧だろう。

そうすれば一目惚《ひとめぼ》れし合い、恋に落ちるはずなのだから。

「パーティーまでどう過ごすつもりなんだ？」

「久しぶりの実家だし、のんびり散歩でもしようかなって」

「……ふうん？」

実はまだ私は普段着で、パーティーの支度はしていない。まずは屋敷内の構造なんかを頭に叩《たた》き入れつつ、二人が出会う最高の場所を探そうと思っている。

小説『シンデレラの最愛』のいちファンとしても、一度しかない二人の出会いの場を妥協するわけにはいかない。

小説でもロマンチックな場所で、出会うべくして出会ったという感じだった。私がタイミングを改変してしまっている以上、場所だけはきちんと用意しなければという使命感もある。

「俺もイルゼと一緒に散歩しようかな」

「えっ」

「何か不都合でも？　少しでも愛する妹といたいだけだよ」

「な、ないですけれども……」

色々と協力してもらった以上、断るのも気まずい。

とにかく余計なことを一切言わず、やり過ごすしかない。

「隅から隅まで凝視するくらい、お前がこの屋敷の庭園を気に入っていたとは思わなかったよ」

「し、四季折々、風情《ふぜい》があるなあと……」

「お前にもそんな感性があったんだね」

そうして私はお兄様と腕を組みながら、公爵邸内の偵察をすることになってしまったのだった。

『――で？　イルゼの中にいるお前は一体誰なんだ？』

それから数時間後、首を絞められながらそんな問いを投げかけられるなんて知らずに。

◆◆◆

ゴドルフィン公爵邸の前で馬車から降りた途端、辺りから一斉に視線が集まるのを感じた。

「まあ、エンフィールド公爵様よ。今日も素敵だわ」

「お姿を見ることができて嬉《うれ》しいけれど、この場にいらっしゃるなんて珍しいのではなくて？」

「イルゼ様と不仲なのは有名な話ですし……」

「なぜ公爵様はあのイルゼ様とご結婚されたのかしらね」

世の人々は、俺達がなぜ結婚に至ったのかを知らない。

イルゼが元々悪評高かったこと、二人で社交の場に出ることはなくイルゼはいつも一人だったこともあって、俺が弱みを握られている、なんて噂《うわさ》は尽きないという。

「エンフィールド公爵様、どうぞこちらへ」

「いや、結構だ」

これまでゴドルフィン公爵邸に足を踏み入れたのは、結婚の挨拶《あいさつ》の際、たった一度だけ。

一応、身内とはいえ、目立つ登場はしたくない。だからこそ普通の招待客と同様の形で、会場に足を踏み入れた。

「エンフィールド公爵様、ようこそいらっしゃいました」

「忙しいだろうに、ありがとうな」

まずは主役であるゴドルフィン公爵夫妻に挨拶に向かったところ、夫妻は笑顔で出迎えてくれた。

愛する娘が俺を脅して無理やり結婚したという事実を、彼らも知らない。それでも失礼に値するほど義実家と付き合いがないことに対し、責められたことは一度もなかった。

夫妻には傲慢《ごうまん》で見栄っ張りな部分はあるが、根は悪い人間ではない。俺自身も少ない関わりの中でそう感じているし、周りの人間の評価も同様だった。

「やあ、来てくれたんだね。いつもは我が家の催しになんて絶対に参加しないくせに、どういう風の吹き回しかな」

だが、この男――ナイル・ゴドルフィンは違う。

嘲笑《あざわら》うような表情を浮かべ声をかけてきたナイルは、今日も派手な装飾品を全身に纏《まと》い、まるで自らが主役だと言わんばかりの装いだった。

「俺がエンフィールド公爵邸に行ったって、一度も挨拶すらしにきてくれないじゃないか」

「…………」

社交界でもその容姿や地位から、かなりの人気を誇っているとは聞いている。

だが異常なほどの身分至上主義者であり、気に入らない相手に対しては手段を選ばないという、良くない噂も多い。

「義弟に無視をされるとは悲しいな。お前、イルゼの離婚の申し出を断ったんだろう？」

「なぜ夫婦の話を部外者のあなたに話す必要が？」

「はっ、夫婦ねえ……イルゼをどうする気だ？」

妹を溺愛しているこの男は、俺がどんな理由で結婚したのかを知っている上で、妹を蔑《ないがし》ろにしている俺を心底憎んでいるのだから、救いようがない。

そしてイルゼもイルゼで、離婚についてこの男なんかに相談していたのだと思うと、苛立《いらだ》ちが募るのが分かった。

「彼女もこれまで好き勝手してきた以上、何をしようと俺の自由では？」

だからこそ、相手を煽《あお》るような返事をしたというのに。ナイルは怒るどころか、なぜか考え込むような表情を見せた。

「……まあ、場合によっては問題ないか」

「…………？」

場合によっては問題ない、という呟《つぶや》きの意味が理解できず眉を寄せる。これまでのナイルならイルゼに対してこんな発言をすれば、掴みかかってきてもおかしくはなかった。

（イルゼの様子が変わったことで、この兄妹の関係にも変化があったのかもしれない）

しかし、ナイルはすぐに貼り付けたような笑みを浮かべた。

「まあ、楽しんでいってくれ。別室で親戚に囲まれていたイルゼもそろそろ来るはずだから」

そして俺の肩に軽く手を置き、去っていく。

相変わらず読めない人間だと息を吐いたところで、背中越しに「ギルバートじゃないか」と声をかけられた。

「よお、どうした？　お前がゴドルフィン公爵家の集まりに来るなんて、珍しいこともあるんだな」

振り返った先にいたのは、友人であり次期侯爵であるエディだった。真紅の髪が目立つエディとは幼少期から家族ぐるみの付き合いで、数少ない信頼できる人間でもある。

「それに奥方はどうした？　いつもエスコートしろって大騒ぎだったじゃないか」

「いや、今回はあっさり受け入れられた」

「……本気で言ってるのか？」

イルゼがどれほど俺に執着しているかをよく知っているエディは、信じられないという顔をする。

そして最近のこと、今日この場に来たのも彼女を見張るためだということを掻《か》い摘《つま》んで話せば、その表情は驚きから俺への同情へと変わっていった。

「……お前、本当に追い詰められていたんだな。そんなやり方をしていたら、相手だけじゃなく自分も傷付くだろうに」

「今さらこれくらいで傷付いたりなんてしない」

「そもそも、あれが一晩で変わるなんて信じられ、な……」

そこまで言いかけたエディは俺の背後を見つめ、両目を見開いたまま、硬直する。

辺りにいた人々もみなエディと同じ方向を向いていては、同様に息を呑《の》んでいた。

「――――」

人々の視線を辿《たど》った先には純白のドレスを身に纏ったイルゼがいて、目が合った途端、ふわりと微《ほほ》笑《え》みかけられる。

ドレスに合わせた化粧や髪型も含め、黒や赤といった濃い色の派手なドレスばかり着ていた姿とはまるで別人で、清らかで愛らしい。

初めて誰かを「綺麗《きれい》」だと思ったくらいに。

「ギルバート様、いらっしゃっていたんですね」

静まり返った場に、彼女の声だけが響く。俺だけでなく、この場にいる全員が間違いなくイルゼに目を奪われている。

イルゼはやがて俺の側にいるエディに視線を向けると、丁寧《ていねい》に礼をした。

「ギルバート様のお知り合いの方ですか？　来てくださってありがとうございます、ごゆっくりお過ごしください」

「は、はあ……」

「ではギルバート様、また後ほど」

そしてそれだけ言うと真っ白なドレスを翻《ひるがえ》し、すぐに去っていった。この短時間のやりとりでも、俺に対して何の期待もしておらず、興味すらないことが伝わってくる。

彼女が去った後、辺りにいた招待客達がどよめき出した。

「今のは本当にイルゼ様なの？　別人のようでしたわ」

「女性は化粧で変わるというが……いやあ、お美しかったな」

人間は表情や態度、服装、化粧、髪型などによって印象を決めるという。それら全てが正反対のものになれば、別人のように錯覚してしまうことにも納得がいく。

そして本来ああいった清楚《せいそ》な装《よそお》いの方が、彼女の素材を最も生かせるのだろう。

（……だが、本当にどうかしてるな）

それでも全てを嫌悪していたイルゼに対して美しいなどと思ってしまった自分に、呆《あき》れを含んだ笑いがこぼれた。

「なあギルバート、今のは嫌味なのか……？」

固まっていたエディも我に返ったらしく、困惑しながらそんな問いを投げかけてくる。

『またあの男との予定ですって!?　いい加減にして！』

いつもイルゼの誘いから逃げる口実としてエディの名前を使っていたため、イルゼは心底エディを毛嫌いしていた。

それにもかかわらずまるで初対面のような顔をして、にこやかに挨拶をしていたのだから、戸惑うのも当然だろう。

「お前の言う通り、何もかもが本当に別人みたいだな。あれが演技ならそれで食っていけるって」

「…………」

――最初は、俺の気を引くために適当な嘘をついているのだと思った。そんなことは日常茶飯事だったからだ。それも鬱陶《うっとう》しくて憎らしくて、彼女の全てに嫌悪する日々だった。

そして今回だって、すぐに飽きていつものように化けの皮が剥《は》がれると思っていたのに。

『あなたと離婚をしたいと思っています』

『もうギルバート様のことが好きじゃなくなったからです』

あれから彼女はずっと変わらないまま。俺への愛情が失われたというだけなら、まだ理解できる。

だが、まるで人格も行動も何もかもが別人のようで、あの全てが演技だとは思えなくなっていた。

記憶を一部失っているというのが本当だとして、それが原因で人格にも変化が出ている、とでもいうのだろうか。

「まあ、面倒な嫁が大人《おとな》しくなったのなら良いじゃないか。お前の言う『復讐《ふくしゅう》』だってスムーズに進められるだろうし」

「……俺も以前はそう思っていたよ」

彼女が少しでも自分に興味を示さず関わらず、大人しくしていてほしいとどれほど願っただろう。

それでも、いざその状況になってみると、あの頃の方がマシだったと思えるくらいの息苦しさを感じていた。

「もう、そんな単純な話じゃないんだ」

——ベッドの上で「生きている方が辛《つら》い」と苦しみ続け、自身の吐き出す血で染まった母の姿を思い出す。

そんな母を見ても「まだ死ぬことはないでしょう」と笑ったイルゼの笑顔も、脳裏にこびりついて離れない。

彼女が彼女らしくなくなる度に感情の行き場がなくなり、自分の中でそれらが濃く煮詰まっていくのを感じる。

罪悪感やくだらない情など決して抱くことがないよう、イルゼには因果応報、凄惨《せいさん》な結末が相応《ふさわ》しい、最低な人間であってほしいのだと今さらになって気付く。

「……すまない、少し頭を冷やしてくる」

エディにそれだけ言い、俺は人で溢れる会場を後にした。

◇◇◇

「よしよし、ギルバート様もちゃんと来てくれていたし、準備はばっちりね」

大勢の招待客で溢れた華やかな会場内を歩きながら、私は計画は順調だと確信していた。

――ちなみにお兄様とともに屋敷内を歩いて回った結果、庭園にてギルバート様とシーラが出会うに相応しい、雰囲気の良い場所を見つけることができた。

その後はゴドルフィン公爵家のメイドに「お任せで」と伝えたところ、公爵夫人が「イルゼに似合うと思ってこっそり買っていたの」と清楚なドレスや髪飾り、靴などを次々に持ってきてくれて、あっという間にお姫様のような姿に仕立て上げられた。

『ふふ、やっぱりかわいいわ！　……あら、イルゼはあまり気に入らなかった？』

『い、いえ！　とっても素敵ですが、お母様のお洋服とは雰囲気が違うから、驚いちゃって……』

素直に思ったことを伝えると、夫人は困ったように微笑んだ。

『……本当はね、こういう方が好きなの。でも、好きな人の好みには合わせたいじゃない？』

つまり夫人が派手な格好をしているのは、夫である公爵の好みに合わせているからなのだろう。

内緒よ、と口に人差し指をあてる愛らしい姿に、思わずきゅんとしてしまった。

そして夫人の見立て通り、清楚な服装はイルゼにとてもよく似合っている。

(どうして今まであんな毒々しい格好をしていたのかしら)

今の私は驚くほど綺麗で愛らしくて、これまで悪妻感溢れるギラギラとした格好をしていたのが本当にもったいない。家族だけでなく友人だという令嬢達、招待客達にも常に褒められていた。

むしろ人妻という立場なのに、口説《くど》いてくる男性までいてびっくりしてしまったほど。

「あとは自分の目でシーラを確認しにいかないと」

なんと彼女は美しすぎてトラブルが起こるかもしれないという理由で、厨房《ちゅうぼう》での裏仕事に回されているらしい。

そもそもあの街中での事件の日だって、シーラが深くマントのフードを被《かぶ》っていたのは、自分の身を守るためのはず。

平民で母親と二人暮らし、魔法も使えず自分の身を守る術《すべ》を持たないシーラは自分の容姿をなるべく隠して生活しているということは、小説にも書かれていた。

「そしてギルバート様と上手く遭遇するように、後で少し庭園に行くようお願いして、っと……」

頭の中でこの後の予定を整理しながら、こっそり会場を抜け出し、厨房に続く廊下を歩いていく。

正直、小説のファンからすると二人が出会うシーンを生《なま》で見られるのは楽しみで仕方ない。

(あの意地悪なギルバート様だって、シーラの前では優しい王子様のようになるんでしょうし)

ちなみに心配だったパーティーも、今のところ笑顔で話を合わせているだけで何とかなっている。

変化について突っ込まれても、健気《けなげ》な顔で「過去のことを反省して、改心しようと思って……」と言うだけで、みんなそれ以上突っ込んでくることはなかった。

今後は出会った二人が愛を育《はぐく》んでいる間、私は最重要問題である制約魔法についての対策を考えれば完璧だろう。

「あ、ごめんなさい」

そうして軽い足取りで廊下を歩いていると、誰かと肩がぶつかった。途端、アルコールの強い香りが鼻を掠《かす》める。

すぐに謝って見上げれば、見知らぬ中年の貴族男性と目が合い、私の顔を見るなり眉を寄せた。

「イルゼ・ゴドルフィン……いや、今はエンフィールド公爵夫人でしたか。お久しぶりですね」

「あの、あなたは……」

事前に頭に叩き込んだリストにも当てはまる人はおらず、そう尋ねたところ、男性の口元が歪む。

「俺の顔なんて覚えていませんよね。あなたからすれば虫ケラの一匹に過ぎないのでしょうから」

自嘲するような、それでいて怒りを隠しきれない様子の男性からは、イルゼに対しての強い恨みが感じられる。

嫌な予感がして一歩後ろに下がるのと同時に男性の腕がこちらへ伸びてきて、髪を掴まれた。

「痛っ……放してください……！」

「あなたのように大切に育てられたお姫様は、こんな風に扱われたことも、強い痛みや苦しみを感じたこともないのでしょうね」

強い力で髪を引っ張られ続け、思い切り壁に押し付けられる。男性の顔は赤く、かなりお酒に酔っていることが窺《うかが》えた。

イルゼがギルバート様以外からも恨みを買っていることは分かっていたけれど、公爵夫人という立場もあってこんな風に手を出されるなんて思っておらず、恐怖で足が竦《すく》む。

「ど、して……こんなこと……」

「ははっ、どうしてですって？　あなたが見捨てたせいで、もう娘は動くことも話すこともできず、生きているとは言えないような姿に……っ……」

そんな言葉や強い怒りと悲しみに震える姿から、事情を察してしまった。彼は元のイルゼに病気の娘さんの治療を頼んだにもかかわらず、断られてしまったのだと。

『イルゼ様、どうか娘を救ってください……もう本当に命が尽きてしまいそうで……』

『はあ？　この私に力を使わせたいのなら、相応の対価を払いなさいよ。まあ、お前ごときに私が望むものなんて用意できないでしょうけど。ふふっ』

同時に小説に出てきていたやりとりを思い出し、背筋《せすじ》が冷えていくのが分かった。

小説では軽く読み飛ばしてしまうようなたった数行の出来事でも、この世界では私と同じように生きている人々の人生の一部なのだと、思い知らされる。

元のイルゼが最低な人間であることに、間違いはない。

けれど強い力を持っているからといって、全ての人を救う義務があるわけではないのも事実。

イルゼにも断る権利や選ぶ権利はあるし、公爵令嬢なんて恵まれた身分であれば尚更《なおさら》だろう。「見捨てる」という言葉は男性側の目線であって、正しい表現とは言えない。

（……どれほど優れた魔法を扱えても、苦しんでいる全ての人を救うなんてこと、不可能だってことも分かってる）

それでも代わりのいない大切な家族を救いたいという男性の気持ちも、痛いほどに理解できた。

「……今からでも、娘さんの治療をさせてもらえませんか」

「嘘をつくな！　どうせこの場から逃げるために、適当なことを言っているんだろう！」

「本当です、必ずできる限りのことはすると約束します」

だからこそ、綺麗事だとしても今の私の手の届く範囲にいる人は助けたい。髪を掴まれている痛みを堪えながら、そんな気持ちを込めて男性をまっすぐに見つめる。

すると男性の目が、揺れたのが分かった。元のイルゼへの怒りと娘さんが助かるかもしれないという期待の間で、葛藤《かっとう》しているのかもしれない。

「つうるさい、あなたの言うことなど信じられるものか！」

けれど男性には私の言葉は届かなかったようで、髪を掴んでいない方の腕を思いきり振り上げた。

ひどく酔っているらしいことも、その一因かもしれない。

強い力で掴まれていてもう逃げることもできそうになく、殴られる、ときつく両目を閉じた。

「…………？」

けれどいつまでも痛みはこなくて、恐る恐る目を開ける。

「ギルバート、様……」

そして視界に飛び込んできたのは、眩《まぶ》しい銀色だった。

「エンフィールド、公爵様……」

「愚かですね」

ギルバート様は私を殴ろうとした男性の腕を掴んだまま、冷ややかにそう言ってのける。

男性はようやく冷静になったのか、さっと血の気が引いた様子で振り上げていた手を下げ、数歩あとずさった。

「公爵家の人間に暴力を振るった以上、どうなるかはお分かりでしょう？　アンカー伯爵」

「……っ」

アンカー伯爵と呼ばれた男性は、酔った勢いで感情的になってしまっていたのだろう。自分のしたことの重大さに気付いたらしく、先程までの勢いはもう見る影もない。

さっきまで恐ろしくてたまらなかった大きな男性の姿が、ひどく小さく見える。

この世界の法に詳しくない私でも、このままでは彼が重い罰を受けることになるのは容易に想像がついた。ゴドルフィン公爵家だって、黙ってはいないだろう。

「も、申し訳ありません……こんなつもりじゃ……」

「すぐに衛兵を呼んで――」

見張りの兵を呼ぼうとしたギルバート様の手を、止めるようにぎゅっと掴んだ。

「呼んでいただかなくて大丈夫です、どうかこのままで」

「……は」

まるで理解できないという顔をしたのはギルバート様だけでなく、伯爵も同様だった。

私は伯爵に向き直ると、まっすぐに見つめた。

「明日の午後、ご自宅に伺います」

「なぜ……」

「約束すると言いましたから。どうか今日はもうお帰りください、先程のことはその後、改めてお話しましょう」

淡々と伝えれば、男性は泣きそうな顔で唇を噛《か》み締める。

「……申し訳、ありませんでした」

そして今にも消え入りそうな声で謝罪の言葉を紡《つむ》ぎ、深く頭を下げると、去っていった。

静まり返った場には、私とギルバート様だけになる。

ギルバート様は普段通りの無表情だったけれど、纏う空気からは怒りのようなものが感じられた。

「騒ぎを起こしてしまって申し訳ありません」

「……なぜ何の罰も与えなかったのですか？　すでにあなたは暴力を受けたのですから、その権利はあるはずです」

「あの男性が罰されることを望んではいないので」

正直とても怖かったし、痛かった。ギルバート様が来てくれなければあのまま顔を殴られていただろうし、それが一回で済んだとも限らない。

それでも家族の命がかかっている中で、冷静でいられる人はどれだけいるだろう。

「これで男性が罰されれば、偽善者の私は罪悪感に苛《さいな》まれると思ったんです。それでも何の罰もないというのは違うと思っているので、後で考えます」

この場で騒ぎになってしまっては、きっとやり直す機会さえも奪われてしまうはず。

もちろんこのまま許すのは甘すぎると分かっているし、娘さんを助けられた後にその処遇については私自身が決めたいと思っている。

「本当に明日、伯爵邸へ行くつもりですか」

「はい」

はっきり答えれば、ギルバート様は切れ長の目を細めた。

なぜ伯爵邸へ行くのか尋ねられないあたり、少し前から私達の様子を見ていたのかもしれない。

それでも、なぜすぐに助けに来てくれなかったのかなんて思ったりはしない。

「助けてくださって、ありがとうございます」

あのまま放っておけば私は殴られて、彼からすれば憎い相手が痛めつけられるのだから、好都合だっただろう。それでも間に入って守ってくれたことに、内心胸を打たれていた。

(……元のイルゼが悪かったせいで、ギルバート様自身は悪い人じゃないもの)

理不尽な目に遭っている私としては腹立たしいこともあるけれど、第三者視点から見れば彼は悪くないのだ。

どうかお互いのためにも復讐に囚《とら》われすぎず、シーラと幸せになってほしい。そう思っていると、ギルバート様の手がこちらへ伸びてきて、頬に触れられた。

「あなたは本当に、俺を苦しめるのが上手《じょうず》ですね」

「……え」

どういう意味だろうと顔を上げれば、自嘲するような笑みを浮かべたギルバート様と目が合う。その表情は、初めて彼に抱かれた日に責め立てられた時と、重なって見えた。

過去に断った治療を受けるという行動は、彼からすればやはり気分屋のように映ってしまったのかもしれない。

けれどギルバート様は溜《た》め息《いき》をついた後、いつも通りの無表情に戻っていた。

「いえ、何でもありません。俺にできることはありますか」

「……え？」

ここでなぜ、そんなことを尋ねられるのか分からない。

けれど間違いなく、例の作戦についてお願いする絶好の機会だろう。

「では今から三十分後に庭園の中央噴水の奥にある、大きな木の下に行ってくれませんか？」

するとギルバート様は訳が分からないという様子で、眉を顰《ひそ》める。当然の反応だと思いつつ理由は説明できないため、とにかく押し切るしかないと私は再び口を開いた。

「とにかくとても大切なことなんです！　お願いします！」

「……そこで何をすればいいのですか」

「ただ行ってくださるだけで十分です」

我ながら意味の分からないお願いをしている自覚はあったけれど、私の必死さが伝わったのか、やがてギルバート様は「分かりました」と言ってくれた。

(色々とごめんなさい、けれどあとは私に任せて！)

心の中で固く拳《こぶし》を握りしめた後、ギルバート様と別れ、私はシーラの元へと向かったのだった。

そっと厨房へ顔を出すと、お酒の準備を手伝っているシーラをすぐに見つけた。忙《せわ》しなく大勢の使用人が出入りする空間の中でも、光り輝いている彼女は目立ちすぎている。

シーラも私に気が付き、笑顔で駆け寄ってきてくれた。

「イルゼ様！」

「うっ……」

これは美しすぎるメイドとして、他の貴族女性を差し置いて男性達からアプローチをされてもおかしくはない。トラブルだって起きてしまうだろうと、納得してしまう。

「今日のイルゼ様も本当に本当に素敵です……！　女神様が現れたのかと思いました」

シーラは感動した様子で頬を赤く染め、興奮したように話している。かわいいのはそっちだと叫び出したくなるのを必死に堪え、平静を装ってシーラに微笑みかけた。

「ごめんなさい、突然こんなお願いをしてしまって」

「いえ、イルゼ様のご両親のお祝いの場のお手伝いをできるなんて光栄ですもの」

どこまでも健気で愛らしいシーラに顔のあちこちから血を噴き出しそうになりながら、続ける。

「今から三十分後に庭園の中央噴水の奥にある、大きな木の下に行ってほしいの。メイド長には私から言っておくから、もう仕事も上がってもらって大丈夫よ」

「分かりました。イルゼ様の仰《おっしゃ》る通りにしますね」

「本当に色々とありがとう」

「いえ、私はイルゼ様にお会いできただけで幸せですから」

照れたようにはにかむシーラはあまりにもかわいくて、胸が締めつけられる。

もはや私も性別なんてもう関係ないと思えそうで、危険すぎる存在だった。

「それでも何かお礼をしたいんだけど、何がいいかしら」

「……何でもいいんですか？」

「ええ、私にできることなら」

何気なく笑顔でそう返事をしたところ、大変かわいく恥じらうシーラの口からは、とんでもないお願いが飛び出した。

「では、その……抱きしめてもいいですか……？」

「えっ」

予想外すぎて、厨房内に私の大きな声が響く。シーラは本来、積極的な性格ではなかったはず。やはり同性同士であることや、私の先日の暑苦しい告白によって謎の両想い感が出てしまったせいなのだろうか。

もちろんシーラと仲良くしたい気持ちはあるけれど、この感じはまずい気がしてならない。

だからこそ、ここは心を鬼にして断ろうと決めたのに。

「やっぱりご迷惑ですよね……申し訳ありません、私みたいな人間がイルゼ様に触れるなんて、烏滸《おこ》がましいこと……」

「ぜひ抱き合いましょう」

涙を浮かべるシーラを反射で抱きしめると、シーラは驚いた様子を見せた後、きつく抱きしめ返してくれた。

「ふふ、幸せです」

「……っく……」

酔いそうなくらい甘い香りに包まれながら、本当にこれはまずいと察する。そして心の中でギルバート様に「後は何とかしてください」と全てを託したのだった。

◇◇◇

それから三十分後、私は大きな木の下がよく見える庭園の木陰に身を潜《ひそ》めていた。

美しい花々に囲まれた大きな木は、穏やかな灯《あか》りによってライトアップされ、最高にロマンチックなシチュエーションとなっている。美男美女の二人がよく映えるに違いない。

「それで、何を待っているのかな?」

「………」

そんな中、木陰にしゃがみ込む私の肩に腕を載せたナイルお兄様は、超至近距離でそんなことを尋ねてくる。

(どうしてこういう時、お兄様もついてくるのよ……)

無事にシーラに伝えた後、会場に戻り、そろそろ時間だと庭園へ向かう途中、お兄様に捕まってしまった。

ちょっと用があると振り切ろうとしても、がっしりと抱きしめられてそれは叶《かな》わなかった。こうなった以上、ただ見守るだけだし、静かにさえしてくれれば問題はないだろう。

(緊張してきた……あっ、来たわ!)

幻想的な庭園の中にいる、私服に着替えたシーラは息を吞むほど美しく、いよいよ小説の展開が始まるのだと思うと興奮を抑えきれなくなる。

シーラは私のお願い通り木の下に立ち、じっと星空を眺めていた。まるで映画のワンシーンのような雰囲気の中、カツカツと石畳を歩く足音が近づいてくる。

(ギルバート様だわ！　良かった、これで全てが揃《そろ》った)

心の底から安堵《あんど》しながら二人を見守る中、足音を聞いたシーラが振り向く。

そして、間違いなく二人の視線が絡《から》んだ。

「……っ」

その光景に感動してしまいつつ、ギルバート様がシーラの元へ向かっていく姿を見つめる。

(これで二人は幸せに……って、あら？)

やがてギルバート様はシーラの目の前で立ち止まり、二人は見つめ合い続ける——はずが、彼はそのままシーラの横を通り過ぎて少し離れた場所で足を止めた。

ギルバート様はシーラを他所《よそ》に、眉を顰めながらじっと木を見上げており、私の脳内は「？？？」でいっぱいになる。

小説では目が合った途端、まるで時が止まったように二人は動かなくなり、見つめ合い続けたと書いてあったのに。

「あっ、シーラ！　そうよ、頑張《がんば》って！　名前を聞いて！」

だんだんと絶望感が広がっていく中、なんと動いたのはシーラだった。彼女はギルバート様の元へ行き、声をかけた。

両手をきつく握りしめ、必死に声量を抑えながら、ついつい熱くなってしまう。

「…………？」

するとシーラは何かをギルバート様に言い、丁寧に頭を下げた。ここからは会話の内容が聞こえないものの、ギルバート様はシーラに対して一言だけ返し、彼女から視線を逸《そ》らす。

一方、シーラも元の位置に戻り、二人は互いに背を向けて無言で立っているだけ。

「…………」

「…………」

そんな状態が数分続いた後、ギルバート様は何のためらいもなく、元来た道を歩いて屋敷へ戻って行ってしまう。

その姿を呆然《ぼうぜん》と眺めていた私は、はっと我に返った。

（ど、どうしてなの……？　だって小説ではお互いに一目惚れをして、ギルバート様がシーラに名前を聞いて、それで……）

予想外の展開に、動揺と冷や汗が止まらなくなる。どこからどう見ても二人は一目惚れどころか、お互いに興味すらないようだった。訳が分からない。

とにかく今分かるのは、私の作戦は全て失敗してしまったということだけ。

健気で真面目《まじめ》なシーラは、私が戻っていいと言うまでずっと木の下で立ち続けている気がする。

パニック状態ではあるものの、ひとまず今日のところはもう帰ってもらい、作戦を立て直そうと思った時だった。

「ふうん、あの二人を出会わせようとしたのか」

「…………っ」

突然肩に回されていた手で、顔を鷲掴《わしづか》みにされる。

ずっと二人に夢中になっていたせいで、隣にいるお兄様を気にしていなかったことに気付く。

「離婚するために他の女をあてがおうとしたんだ？　本当にあいつがどうでも良くなったんだな」

口元には笑みが浮かんでいるものの、金色の目は全《まった》く笑っていない。私の両頬を掴む手には強い力が込められていて、普段の愛する妹への優しさはもう感じられなかった。

まさか、と脳内で警鐘が鳴り響く。

「なあ、知ってるか？　イルゼは子どもの頃から熱しやすく冷めやすくて、色々なものを欲しがっては手に入れるんだ」

「…………」

「だが、飽きていらなくなったものでも、絶対に他人の手に渡ることだけは許さない。どんなに不要なものでもな」

だんだんと不安や予想が、確信へ変わる。

「あれほど執着していたギルバートへの愛情がある日突然冷めたこと、ナイルと呼んでいた俺をお兄様なんて呼び始めたこと、嫌がっていたキスを自分からするようになったこと、俺同様に見下していた平民を命懸けで救おうとしたこと」

「……私、は」

「そして極《きわ》めつけはこれだ、もう心を入れ替えたなんて理由くらいじゃ説明がつかない。間違いなく全くの別人だよ」

ナイルお兄様――ナイルは私の頬を掴んでいた手を下へと滑らせ、首に手のひらを添えた。

もう抵抗することすら恐ろしく、ゆっくりと首を絞める手に力が込められていく。

呼吸が苦しくなっていき、はくはくと金魚のように唇を動かすことしかできない。

「――で？　イルゼの中にいるお前は一体誰なんだ？」

お互いが一番大切であろう両親、イルゼを何よりも毛嫌いしている夫、イルゼに怯える使用人。

（……一番イルゼを見ていたのは、ナイルだったのね）

だからこそ、彼だけが全くの別人だと気付いたのだろう。

これまでは記憶が欠けた、改心したと言って誤魔化《ごまか》してきたけれど、ナイルは別人だと確信している上に、適当なことを言えば殺されると本気で思えるくらいの圧があった。

嘘をついてここで殺されるくらいなら、本当のことを話して自分だって困っている、元のイルゼに身体を返したい、というアピールをした方がまだ生存確率は高い気がする。

入れ替わる魔法なんて存在しない以上、もちろん元の身体に戻る方法なんて見つかる気がしないけれど、ひとまずこの場を乗り切るためにはこれくらいの嘘は必要だろう。

「……っ……」

酸素不足で働かなくなっていく頭でそう判断した私は、話すからどうか放してほしいという気持ちを込めて、首を絞めているナイルの手に触れた。

「ああ、ごめんな。これじゃ話もできないか」

全く悪いと思っていない様子で私からぱっと手を離し、ナイルはにっこりと微笑んだ。

私を過《あやま》って殺してしまったとしても、この人はこうして笑うんだろうと、ぞくりと鳥肌が立った。

「げほっ、ごほ……はあ……っ」

その様子すらも怖くて、咳《せ》き込みつつ一気に酸素を取り込みながら、涙で歪む視界の中、ナイルを見上げる。

黄金の瞳は何もかもを見透かしそうで、改めて心を決めた私は呼吸を整えた後、口を開いた。

「……私は、イルゼ・エンフィールドではありません」

私の言葉を聞いたナイルは、軽く目を見開く。確信しているようだったけれど、肯定されると驚きはあるらしい。

「あれほどの治癒《ちゆ》魔法が使える以上、イルゼの偽物なんてことはないだろうし……本当に別人が身体に入ってるんだ?」

「……はい」

そう返事をすると、ナイルの唇は綺麗な弧を描いた。

「へえ、すごいな。どうやって?」

「目が覚めたらこの身体に入っていて……私も好きでこうなってしまったわけではなく、色々と困っているくらいです」

「あはは、そうだろうね。イルゼは嫌われていたから」

妹の身体を返せと詰め寄られるだろうと思ったのに、先程までの圧はもう感じられない。

それからはいくつかの質問をされ、ここが小説の世界で、異世界から来たということは誤魔化した上で、私自身はありふれた人間であることを話した。

ナイル達を知っていたのは、ぼんやりイルゼの記憶が残っているからだと嘘をついたけれど、別人だという本当のことを話した以上、疑われることはなかった。

「そうなんだ、面白《おもしろ》いな。そんな魔法は存在しないのに」

全くの別人が乗り移って妹のふりをしていたなんて、冷静になれば恐ろしい話なのに、ナイルは怒るどころか楽しげな様子さえ見せている。

その姿がまた不気味で怖くて、思わず口を開いた。

「あの、どうして怒らないんですか……？　妹の身体を別人が乗っ取っている状態なのに」

「なぜだろう、腹は立たないな。悲しいって気持ちもない」

他人事《ひとごと》のようにさらりと言うナイルは顎《あご》に手をあて、考え込むような様子を見せる。

そして少しの後、「ああ」と軽い調子で笑みを浮かべた。

「分かった、俺はきっと『自分と同じ血が流れている妹』がかわいいだけなんだろうな」

「……え」

「我《わ》が儘《まま》で反抗的なイルゼより、今のお前の方がいいし」

あっさりとそう言ってのけた姿に、私は心の底から引いてしまっていた。彼は本当に身分至上主義で「血統」でしか相手を見ていないのだと思い知らされる。

十七年ほど一緒に暮らしていたはずの妹である元のイルゼの人格がどうなったとか、全く気にしていないようだった。

「イルゼと同じ見た目をしているだけの別人なら、どうしていたか分からないけどね」

「……っ」

つまり見た目だけが同じ、別の血が流れている人間なら殺されていた可能性もあるのだろう。

小説でもあれだけ可愛がっていたイルゼが平民だと知ってからは、すぐに見捨ててシーラを可愛がっていた。彼は「自分と同じ尊い血の妹」なら何でもいいのかもしれない。

（ど、どうかしてる……異常だわ……）

それでもイルゼがまだ平民だとバレていない以上、この身体の中にいる間は何をしても許されるということにはなる。

ギルバート様がイルゼの過去を暴《あば》くのはまだ先だろうし、ひとまず今のところ安全は確保されたと思うと、内心ほっと胸を撫で下ろす。

するとナイルの手が伸びてきて、思わずびくりとした私の身体を抱き寄せた。

「いきなり知らない環境に放り込まれて、さぞ不安で怖かっただろう。周りもお前に当たりが強いんだから、尚更だ」

「………」

「今後は俺が守ってあげるから、安心するといい。困ったことがあれば俺に言ってくれ、これからは家族なんだから」

ナイルはどう考えてもおかしいし危険だし、信用できないと分かっている。私を優しく抱きしめているこの手で、さっきまで首を絞めていたのだから。

――それでも、この理不尽だらけの世界で最初からずっと私に優しいのはナイルだけだった。

先程の作戦が失敗してしまったこと、私を抱きしめている温《ぬく》もりが心地いいこと、この世界で初めて「本当の私」の気持ちに寄り添ってくれたこと。

一時的な歪んだものだと分かっていても、ひとりぼっちだった私に家族だと言ってくれたこと。

そんな要因が重なって、自分でもどうかしていると分かっていても、ほんの少しだけ甘えたくなってしまった。

「……ありがとう、ございます」

思わずそっとナイルのジャケットを掴むと、ナイルは私の耳元でふっと笑う。

「敬語もやめて、これまで通りお兄様って呼んでほしいな」

「いいの？」

「ああ。お前はもう一人じゃないからね」

それからはギルバート様との離婚や、シーラと彼の仲を取り持つことまで手伝うと言ってくれた。

この提案を断る理由なんてないし、いずれこっぴどく見捨てられるのなら、全てがバレるまでは頼ってもいいのかもしれない。今の私には、味方だっていないのだ。

「ありがとう、お兄様」

「いいんだよ。今週末は気分転換に街へ出かけようか。たまには肩の力を抜いた方がいい」

「ええ、ぜひ」

結局、開き直った私は、今だけは思い切り甘えてしまおうと決意した。私としては助けになるし、彼にとっての私はいずれシーラという最愛の妹ができるまでの繋《つな》ぎなのだから。

そして味方を得た以上、また明日から自由で平和な生活を目指して頑張ろうと誓ったのだった。

――その結果、ナイルから向けられる愛情がより歪んだものに変わっていくことも、この時の私はまだ知る由《よし》もない。

◇虚像と実像

作戦は失敗したものの、なんとかゴドルフィン公爵邸でのパーティーを乗り切った翌日。

私は馬車に揺られ、アンカー伯爵邸へと向かっていた。昨日約束した通り、病気の娘さんを治しにいくためだ。

エンフィールド公爵邸からは馬車で一時間半ほどの距離で、流れていく窓の外の景色を見つめる。

(それにしても、シーラはどこまでも良い子だったわ……)

昨晩ナイル──お兄様と和解した後、シーラの元へ行ってお礼と「もう帰って大丈夫」と伝えた。

すると訳の分からないお願いをしたにもかかわらず、シーラは私以上にお礼を言ってくれた。

『ちなみに、ギルバート様に会ったりとかは……?』

『お会いしました。イルゼ様とともに母を救ってくださったお礼をすることができて良かったです』

『は、話したのってそれだけ……?』

『はい。公爵様は「助けたのは彼女だ」と仰《おっしゃ》っていました』

『…………』

シーラが話しかけていたのはそれだったのかと、全《まった》く恋の始まりからは遠いやりとりだったことに愕然《がくぜん》とした。

『その、ギルバート様を改めてしっかり見て、こう、何か感じたりとか……』

『イルゼ様の旦那《だんな》様なんて、羨《うらや》ましいなと思いました』

微笑《ほほえ》みながらそんな返事をされた時は、その場でひっくり返りそうになった。

シーラの矢印が私に向きすぎていて、これは本当にまずい気がしてならない。

（とにかく大事な出会いを失敗させてしまった以上、なんとかしないと……）

そして大変残念なことに、憂鬱《ゆううつ》なのはそれだけではない。

「溜《た》め息《いき》ばかりついていますが、何か困ったことでも？」

今現在、私の隣に座っているギルバート様は、内心頭を抱える私に笑顔で尋ねてくる。

なぜか伯爵邸に向かう私に、ギルバート様が同行してくれているのだ。

酔った伯爵に手を上げられた以上、安全のために護衛を用意してほしいとお願いしたけれど、まさかギルバート様本人が来るとは思わなかった。

「ギルバート様はお忙しいのでは……」

「暇ではありませんが、これくらいは問題ありません。それに護衛の騎士達よりも俺の方が腕が立ちますから」

当然のようにそう言ってのけたギルバート様は魔法にも剣にも秀《ひい》でており、さすがの主人公だった。

公爵家の騎士達もギルバート様の指示に従う以上、私に拒否権などない。

きっと、どこまでも私を見張るつもりなのだろう。けれど間近で更生しようとしている姿を見せるチャンスだと、ポジティブに解釈することにした。

「それにしても、隣に座る必要はない気がするんですが」

「俺達はいつも馬車移動の際、隣に座っていましたよ。あなたがひと時も離れたくないと腕にしがみついてくるので」

「…………」

本当に元のイルゼは余計なことばかりしてくれると、恨み言が止まらない。

「記憶が欠けてそれも忘れてしまったんですか」

「そんなところです……」

「では、一番最後にあなたと一緒に馬車に乗った時のことを教えてあげましょうか」

「えっ――」

途端、視界が暗くなって、気付けばギルバート様の整いすぎた顔がすぐ目の前にあった。

吐息がかかりそうなくらい顔と顔が近くて、息を呑《の》む。

馬車の中で壁ドンのような状態になっているらしく、私の両手首もギルバート様によって窓に押し付けられていた。

「あなたは馬車の中でこうして俺に迫ってきたんです。今すぐキスしてくれないと死んでやる、なんて言って」

「……っ」

常にそんなことを言われて迫られていたら、やはりギルバート様もノイローゼになるに違いない。

ギルバート様に心から同情した。

「俺はどうぞご勝手に、と言ったのですが――……」

この再現する状況も心臓に悪いものの、ギルバート様と元のイルゼは結婚式以来キスをしていないと聞いている。

だからこそ、これで終わりだと思っていたのに。

「んっ……ん、う……！」

ギルバート様の顔が近づいてきて、唇が重なった。それも触れるだけのものではなく、無理やり口をこじ開けられるような激しいもので、だんだんと苦しくなっていく。

「はあっ……もう、……んんっ……」

「鼻で息を吸って」

「そんなこと、言われても……っ」

「挨拶《あいさつ》なんて言っていたくせに、ド下手《へた》ですね」

ギルバート様と何度もキスしているけれど、慣れるどころか上達するはずなんてない。

そしていつの間にかギルバート様の右手は私の首に添えられていて、軽く首を絞められていることに気付く。

(絶対、私がわざと苦しくなるようにしてる……！)

ようやく解放された頃には、私は肩で息をして、酸素を取り込むのに必死だった。

一方、ギルバート様はいつもと変わらない様子で私を見下ろしている。

「な、なんで……こんな……」

「望まない相手に触れられるのがどんな気持ちか、あなたに教えてあげようと思いまして」

私の目元の涙を指先で拭《ぬぐ》い、ギルバート様は満足げに口角を上げて元の体勢に戻った。

やはり元のイルゼに対する嫌がらせらしく、こんなことまでするなんて本当にどうかしている。

(私にこんなことをしたって、何の意味もないのに)

恥ずかしさと悔しさでいっぱいになりながら、私は一秒でも早く目的地に到着するよう祈らずにはいられなかった。


伯爵邸では夫妻に丁寧《ていねい》に出迎えられ、悲痛な表情で何度も繰り返し謝罪をされた。

「本当に申し訳ありませんでした。どんな罰も受ける覚悟です」

伯爵も昨日とはまるで別人のように腰が低く丁寧で、やはりお酒のせいもあってあんな行動に出てしまったのだろう。

ひとまず案内してもらうと、ベッドの上に横たわる、ひどく痩せた少女の姿があった。

かろうじて意識はあるものの、もう指先ひとつ動かせない状態だという。

(……どれほど辛《つら》くて苦しい想いをしてきたんだろう)

魔法による治療でなんとか延命しているけれど、それを止めた途端に命を落としてしまうそうだ。

虚《うつ》ろな瞳で天井を眺める姿を見ていると、どうしようもなく胸が痛んだ。

「……ごめんなさい、絶対に助けるから」

三人に見守られる中、ベッドの側《そば》へ行き、そっと骨と皮しかない手を取る。私が悪いわけではないと分かっていても、もっと早くに助けてあげられていたらと思ってしまう。

(どうか無事に治せますように)

ここへ来る前、昨夜パーティーから帰宅した後、実は公爵邸にある図書室で治癒《ちゆ》魔法について朝方まで勉強していた。

治癒魔法は精神的な病気や、体力の回復などには効かないものの、病気にも効果があるという。

ただ魔法というのはイメージが大切らしく、私自身がどんな風に治したい、どんな風になってほしいということをしっかり思い描けなければ効率がかなり悪くなるようだった。

今の私に医学の知識なんてないし、今はとにかく必死にやるしかない。そして私は目を閉じて両手で小さな手を包み、治癒魔法を使い始めた。

治療は無事に終わり、まだ体力は回復していないものの病気は完全に治ったようだった。

(……本当にすごい力だわ。怖くなるくらいに)

あの状態から完全に治せてしまうなんて、イルゼの治癒魔法は神様みたいだと本気で思う。涙を流す夫妻からも心から感謝をされて、安心した。

パーティーで酔った伯爵に暴力を振るわれた件については、いつか私が困った時に助けてほしいという条件のもと、許すことにした。

伯爵はそんなことでは済まされない、しっかりと責任を取りたいと言っていたけれど、シーラの時と違って相手に明確に非がある以上、頼りやすい。この先、味方は多ければ多いほどいいだろう。

（それに、あの子を助けられてよかった）

前向きな気持ちで帰宅して屋敷へ続く道を歩いていると、ギルバート様からの視線を感じた。

「どうかしました？」

「子ども嫌いなはずのあなたの今日の行動は、色々と意外でした」

「えっ？」

どういう意味かと尋ねたところ、元のイルゼは子どもが嫌いすぎて子どもがいる場には絶対に行かないほどだったという。

子どもを作るための行為を強要しておきながら、できた後は自分では育てず乳母《うば》や使用人に任せるなどと言っていたそうで、安定の最悪さに頭が痛くなった。

「ですが、最後の『人生は帳尻が合うようにできている』という話は良かったです」

「ありがとう、ございます……」

確かに私は治療を終えた後、女の子にそう話をした。これまでたくさん辛い思いをした分、絶対にこの先の人生はとても楽しくて素敵なものになるはずだと。

ギルバート様に素直に褒められるのは意外でくすぐったくて、少しだけ照れてしまう。

「それなら俺もこの先、相当いいことがあるでしょうね」

「そ、そうですね……………すみません……」

けれど笑顔でしっかり皮肉を言われ、一瞬で照れは吹き飛んだ。

とはいえ、ギルバート様だってイルゼのせいでたくさん辛い思いをしたのは事実だし、幸せになってもらいたいと思っている。

「それと、良かったんですか。あんな約束をして」

彼が言っているのは、帰り際に伯爵夫妻から難病の子どもがいる家族のコミュニティが存在するという話を聞き、治療して回るという約束をしたことだろう。

「はい、大丈夫です。勝手なことをしてごめんなさい」

この力でしか治せないと知ったこと、そして実際に病に苦しむ子どもや両親の姿を見たこと、病気が治って心から喜ぶ姿を見たこともあって、私にできることはしたいと強く思った。

お母様のこともあった以上、ギルバート様だって良い気持ちにはならないはずなのに、治療を終えた後は私の体調を気遣う言葉をかけてくれていた。

(ずっと嫌な態度なら、恨むこともできるのに)

彼にとっては仕方ない事情があったり、私を助けてくれたりしてくれることもあって、自分でもギルバート様に対してどんな感情を抱けば良いのか分からずにいる。

「俺の許可なんて必要ありませんし、あなたの自由です」

「ありがとうございます。ついてきてくださったことも」

「礼を言われるようなことではありません」

ギルバート様はそれだけ言って、屋敷へ入っていく。その背中を見つめながら自分にできること、やるべきことを引き続き頑張《がんば》っていこうと改めて決意した。

◇◇◇

それから、半月が経《た》った。

私は制約魔法について調べたり、シーラやお兄様に会ったり、病気の子どもを治療したり、一時的とはいえ公爵家の女主人の仕事をしたりと、全力で過ごしている。

『ねえシーラ、良かったら今度遊びに来てくれない？』

『私がエンフィールド公爵邸に……ですか？』

『ええ、ゆっくりお茶をしたいなって』

『はい。私で良ければぜひ』

昨日もこっそりとシーラの元へ行き、屋敷に招待する手筈《てはず》を整えた。

(なんとかして、大失敗した出会いのリベンジをしなきゃ)

シーラを招待した日はギルバート様も屋敷にいるということは確認済みだし、偶然を装《よそお》って引き合わせるつもりでいる。話せば話すほどシーラは愛らしくて良い子で、より好きになってしまう。

再会のシチュエーションはどんなものがいいだろうと考えながら、確認を終えた書類の束を机の上でとんとんと重ねて揃《そろ》えた。

「この辺りの確認は終わったから、持っていってくれる？」

「……もう全《すべ》て終わったんですか？」

「ええ。二ヶ所間違いがあったのはこっちに置いてあるわ」

机の上に積み重なった書類の束を見て、ギルバート様の側近のモーリスは驚いた表情を浮かべた。

――実は先週から、公爵邸の女主人として簡単な書類仕事や使用人の管理をしている。

なぜいきなりそんなことになったかと言うと、子ども達の治療をして回ったり制約魔法について調査したりと忙しくしていた中で、ふと気付いてしまったからだ。

『……もしかして私って、無駄飯食らいじゃない……？』

自分のすべきことをしているつもりだったけれど、それは寝食を提供してくれているエンフィールド公爵家に対しての利益には一切ならない。

本来なら公爵夫人なんてすべき仕事がたくさんあるはずなのに、ギルバート様も誰も何も言わずにいてくれたことで、全く気にせずに過ごしてしまっていた。

焦《あせ》った結果、何かできることはないかとメイドのリタに相談したところ、モーリスに繋《つな》がれた。

『元々奥様は一切、お仕事をされていませんでしたからね。まあ、簡単な仕事くらいでしたらお任せできますが……』

そして顔には「面倒なことを言い出しやがって」と書いてあったものの、簡単な書類仕事を任せてくれて、今に至る。

(元の世界では元々、こういう仕事もしていたのよね)

それに前職の知識もあることで、この世界の普通のやり方よりも効率よく作業できていた。

小説の続編では公爵夫人になるシーラは平民育ちのため、簡単な仕事すら上手《うま》くできずに大変な思いをしていたとあったし、彼女のためにもマニュアル的なものも作っている。

使用人の管理についても元々そういった仕事の経験があったから、問題なくこなせていた。

イルゼがサボっていた分はモーリスに皺《しわ》寄《よ》せが行っていたらしく、申し訳なくなる。

「驚きました、奥様がこれほど能力のある方だったとは」

「大したことじゃないけれど、少しは力になれているのなら良かった。私はこれから治療のために出かけてくるわ。夜は侯爵家での夜会があるから、馬車の用意もよろしくね」

今日はアンカー伯爵夫妻が紹介してくれた子どもの治療に行き、夜は夜会に参加する予定だ。

私が最近子ども達の治療をして回っていることが広まっているらしく、以前とは変わったイルゼへの興味なのか、社交の場への招待状がたくさん届くようになった。

何かあった時や調べ物をする時にも人脈は大事だと思い、折を見て参加するようにしている。

「治療も毎日休みなく続けていますよね」

「ええ、でもあと三人で終わりなの」

治療だけでなく移動疲れもあって、正直かなり大変ではあるけれど、紹介された子ども達もあと三人になった。

ちなみに無償で治療をしては他の治癒魔法使いの仕事の価値を下げることになる、依頼が殺到して不平や不満が出るとギルバート様が説明してくれたことで、きちんと報酬はもらうようにしていた。

（あと少しだもの、頑張らなきゃ）

気合を入れた後は急ぎ身支度をして、自室を出た。廊下にはメイド達がいて、目が合うとみんな丁寧に頭を下げる。

「みんな、お疲れ様」

「奥様、お気をつけて行ってらっしゃいませ」

「ありがとう」

最近では過去のように暴れることがなくなったと判断されたらしく、少しずつ使用人達とも打ち解けられていた。怯《おび》えられすぎていた当初に比べると、かなりの進歩だと思う。

(……とはいえ、長くてもあと五ヶ月も経たずに私はここを出ていくことになるんだけど)

私がここに残っているのは、ギルバート様の寿命がかかった制約魔法が一番の理由だった。

それさえなんとかなれば、恨まれている私がここにいる必要なんてない。

最初は今すぐに出ていくことを望んでいたはずなのに、いつの間にかこの散々な状況に慣れてしまったのか、少しの寂しさすら感じるのだから不思議なものだ。

そんなことを考えながら玄関ホールへ向かう途中、ぐにゃりと目の前が歪《ゆが》み、立ちくらみがした。

「……っ」

屋敷での仕事や治癒魔法を使った治療、医学についての勉強、制約魔法に関する調査や社交活動。

そしてシーラやお兄様とも時折会って、離婚やギルバート様とシーラの恋の発展について作戦を立てる日々。

多くの予定に追われ、連日あまり寝ていないせいで目眩《めまい》がしたのかもしれない。

そんなことを考えながら、どこか他人事《ひとごと》のようにスローモーションで傾いていく世界を眺める。

けれどその途中、身体《からだ》を抱き止められた。

温《ぬく》もりや甘い優しい香りにより、顔を見ずとも誰か分かってしまう。

「大丈夫ですか」

「……ギルバート、様……」

予想通り見上げた先にはギルバート様の顔があって、その表情には苛立《いらだ》ちが浮かんでいた。

冷たいアメジストの瞳に見下ろされ、目が覚める思いがする。

また迷惑をかけてしまったと反省し、慌てて彼の腕の中から出ようとしたけれど、なぜか逆に力を込められた。

「ごめんなさい、私……」

「自分を顧みずに無理をして、罪滅ぼしのつもりですか」

「……それもあります」

元の身体に戻る方法が存在しない以上、イルゼの過去を背負って生きていかなければならない。

だからこそ、少しでも過去を清算したいという気持ちはあった。

「でも今、すごく楽しいんです」

過去の私は何の目標もないまま、意味もなく生きていた。自分のため、誰かのために一生懸命に行動できる今は充実していて、やりがいや知らなかったことを学ぶ楽しさがある。

自分自身のためでもあるという想いを胸にまっすぐギルバート様を見つめると、瞳にはわずかに戸惑いの色が浮かんだ。

「それでも周りに迷惑をかけては元も子もないので、これからは体調管理も気をつけます」

「…………」

ギルバート様は何も言わず私を見つめた後、なぜか支えていた手を足に回し、お姫様抱っこ状態で私を抱えた。突然のこと、それもあまりにも軽々と抱えられ驚きを隠せない。

「ど、どうして……」

「また倒れて頭を打たれて、記憶が欠けたなんて言われては困りますから。馬車まで送ります」

そしてそのまま、外へ向かって歩き出す。どうしようもなくイルゼが憎いはずなのに、こうして優しくしてくれることに、胸を打たれてしまう。

思い返せば最近は、ギルバート様からの嫌味も嫌がらせもほとんどなくなっていた。

（……やっぱり、根は良い人なのよね）

この世界では悪印象だったものの、私だって小説を読んでいた時はシーラを一途《いちず》に愛するギルバート様の姿に、何度もときめいていたのだから。

「ギルバート様、ありがとうございます」

「いえ」

やっぱり返事は素《そ》っ気《け》ないものだったけれど、小さく笑みがこぼれた。

この世界に来てからというもの、人の優しさがすごく染《し》みるようになった気がする。

するとギルバート様がこれまで見たことのない、困惑や戸惑いに近い表情で私を見つめていた。

「ギルバート様？」

「……あなたもそんな風に笑えるんですね」

どういう意味だろうと気になったものの、すぐに顔を逸《そ》らされてしまい、それ以上尋ねることはできなかった。

これほど忙しいのも、ここにいるのも最大で五ヶ月弱。

今夜は早めに寝ることを決意しつつ、残りの期間もしっかりやりきろうと誓ったのだった。

◇◇◇

その後も慌ただしく日々は過ぎていき、一日一日が本当に短く感じていた。

「イルゼ様っ……本当に、本当に……息子を救ってくださってありがとう、ございました……」

「はい。どうかこれからもお大事にしてくださいね」

今日も無事に治療を終えた後、エンフィールド公爵邸へ向かう馬車に乗り込む。馬車の中で私は鞄《かばん》から一枚のメモを取り出すと、そこに書かれた名前をそっと指でなぞった。

(無事に全員治せて、本当に良かった)

そう、今日で伯爵夫妻から紹介された病気の子ども達を全員治すことができた。

達成感と安心感で胸がいっぱいになるのを感じながら、全員が家族とこの先も元気に幸せに過ごしていけることを祈らずにはいられない。

今日は自分を甘やかしてしっかり休もうと決めて、屋敷に到着後はソファにぼふりと倒れ込んだ。

すぐにメイドが結い上げたままの髪を解いてくれて、上着まで脱がせてくれる。

ちなみにリタは家庭の都合で、一週間の休暇中だ。

「奥様、もう一ヶ月以上も休まれていませんよね。どうかごゆっくりお休みください」

「ええ。本当にあっという間に時間、が……」

私を労《いたわ》ってくれるメイドに何気なくそう返事をしている途中でふと、引っ掛かりを覚える。

(――あれから、一ヶ月経ってる?)

忙しさで毎日が一瞬で過ぎ去っていき、日付感覚が失われていたことに気付く。

同時に違和感が大きくなり、私は慌てて身体を起こした。

「奥様? どうかされたんですか?」

「……っ」

メイドに返事もせずにそのまま部屋を飛び出し、ギルバート様がいるであろう執務室へと向かう。

必死に廊下を走る私を、すれ違う誰もが不思議そうな目で見ているけれど、そんなのはもうどうでもよかった。

階段を駆け上がり長い廊下を進む途中、慌てた様子の使用人達が見える。

ひどく嫌な予感がして、私はすぐに一人のメイドを引き止めるとその両肩を掴《つか》んだ。

「ねえ、どうかしたの? ギルバート様に何かあった?」

「お、奥様……旦那様が倒れられたそうです」

その瞬間、目の前が真っ暗になった。

メイドに案内されてギルバート様の寝室へ入ると、ベッドの上で横になっている彼の姿があった。

気を利かせてくれたのかメイドはすぐに退室し、静かな部屋の中には二人きりになる。初めて入った彼の部屋は、最低限のものしかなく公爵家の主とは思えないほど簡素だった。

「ギルバート様……」

ベッドの側へ行って声をかけると、ギルバート様は横たわったままこちらへ視線を向ける。意識はあるようで少し安堵《あんど》したものの、身体の内部がどうなっているのかは分からない。

普段より青白い顔を見て泣きそうになる私に対し、ギルバート様は呆《あき》れを含んだ笑みを浮かべた。

「これくらい問題ありません。立ちくらみがしただけですし、放っておいてください」

「……ごめんなさい、私のせいですよね」

そう尋ねてみてもギルバート様は、何も言わないまま。

そっと両手をかざして治癒魔法を使ってみたけれど、彼の体調に変わりはなさそうで、予想が確信に変わっていく。

──ギルバート様が倒れたのは、制約魔法のせいだ。

月に二度という決まりを破ってしまったせいで、体調に影響が出てしまったに違いない。

(どうしよう、もう一ヶ月から何日が過ぎた？　どれくらいの寿命が削られたの？)

既に期限が過ぎている以上、今この瞬間も寿命に影響が出ているかもしれないと思うと焦燥感が込み上げてくる。

「どうして何も言わなかったんですか」

「あなたを抱く気分にならなかっただけです」

「…………」

その言葉が嘘《うそ》だと、すぐに分かった。ギルバート様は我が儘《まま》で彼への重い愛を抱えた痴女の元のイルゼとだって、毎月行為に及んでいたと聞いている。

きっと多忙な私の体調を気遣ってくれたのだろう。ふらついてしまった姿だって、ギルバート様は見ていたのだから。

（この間は泣いて嫌がる私を、無理やり抱いたくせに……）

心の底から憎い相手としての扱いを受けたり、彼自身の優しさに救われたり。

私自身、ギルバート様に対しての感情の整理がついていなかった。

けれどそれは、ギルバート様も同じなのかもしれない。

「……もう問題ありませんし、仕事に戻ります。あなたも部屋に戻ってください」

そう言ってベッドから起き上がろうとしたギルバート様の肩を掴み、ベッドに押し戻した。

そんな私に対し、ギルバート様は形の良い眉を寄せる。

「何の真似《まね》ですか」

「今からしましょう」

「……は」

もちろん、こうして口にするだけでも死にそうなくらい恥ずかしくて仕方ない。それでもギルバート様の命がかかっている以上、このまま何もせずにいるわけにはいかなかった。

遅くなればなるほど寿命が縮まってしまうのなら、今すぐに行動を起こすべきだろう。

ギルバート様はしばらく感情の読めない瞳でじっと私を見つめていたけれど、やがて口を開いた。

「では、服を脱いでください」

「……え？」

「服を脱ぐよう言ったんです。まさか病人の俺に脱がせろとでも？」

「そ、そういうわけじゃ……」

前回もギルバート様に器用に服を脱がされたし、そういうのは男性に任せるのかなという浅い知識しかなかったため、一気に顔に熱が集まるのを感じる。

けれど相手は病人であり、立場としてはこちらが悪なのだから、やるしかない。羞恥《しゅうち》で逃げ出したくなるのを必死に堪《こら》えながら、ゆっくりとドレスを脱いでいく。

「では次に、俺の服を脱がせてもらえますか」

「えっ」

半泣きになりながら脱いだドレスで身体を隠していると、今度はそんなことを言われてしまった。

「あなたが言い出したんでしょう」

「そ、そんな……」

命がかかっている上に、体調が悪いのは間違いない。

そう言われてしまえばもう、断ることなんてできなくなる。

やるしかないと決意し左手で必死にドレスを押さえつつ、震える右手でギルバート様のボタンを外していく。もちろん上手くいくはずなんてなく、全く進まない。

「……っ」

そんな私の様子を、ギルバート様は冷ややかな表情で見つめている。その温度差が余計に恥ずかしくて悔しくて、視界が揺れるのを感じながら、ぐっと唇を噛《か》んだ。

「な、なんで笑っているんですか……！」

そんな私を見て、ギルバート様が小さく笑っていることに気付いてしまった。

「いえ、そういう顔はかわいいなと」

「え」

間違いなく嫌がらせで、馬鹿《ばか》にされていることくらい分かっている。それでも初めて見た素《す》のような笑顔と「かわいい」という言葉に、不覚にも少しどきりとしてしまった。

（これは人命救助、人命救助……）

何度も自分に言い聞かせながら時間をかけて、何とか全てのボタンを外すことができた。鍛えられた美しい身体が露《あら》わになり、この後のことを考えるだけで直視できなくなって、顔を逸らす。

「きゃっ……!?」

するとギルバート様の両手が伸びてきて、腰を掴まれて身体が浮いた。

軽く持ち上げられ、そのままギルバート様の上へ移動させられて、彼の上に跨《また》がる形になる。

「な、なんで……」

「この先も当然、あなたが頑張ってくれるんですよね」

「えっ」

笑顔でそう言われ、嫌な予感しかしない。受け身でも散々恥ずかしい目に遭ったというのに、こちらが「頑張る」なんてどう考えても無理だった。

前回も前々回もひたすら翻弄《ほんろう》されて泣かされて、まともな記憶すらないのだから。

「む、無理です！　そんなの、できません！」

「では俺にどうしてほしいんですか」

「それは……っ」

自ら行動を起こすか、いちいち言葉にしてお願いするか。

どう転んでも羞恥プレイでしかなく、どこまでもギルバート様は意地が悪くて私を苦しめたいのだと思い知らされる。

「これ以上、寿命が縮んでもいいんですか……!?」

「全てあなたのせいでしょう」

「うっ……」

今度は罪悪感を覚えさせて苦しめる作戦らしく、正論でしかない以上、やはり言い返せない。

とはいえ、私自身のせいでもない。やるせない気持ちになって葛藤《かっとう》していると、大きな手で後頭部を掴まれ、ぐっと引き寄せられた。

「んんっ……！　ん、……っ……」

そのまま唇が重なり、抵抗しようとしてもさらに深く口付けられる。元のイルゼとはキスをしてい

かと言って、やはりどうしていいのか分からずいっぱいいっぱいになった私は、恐る恐るギルバート様の唇に自身の唇を押し当てた。

ふに、とただ一瞬だけ触れるだけのキスに、また彼が小さく笑う。

「ずいぶん色気のないキスですね」

直後、今度は小さく笑ったギルバート様によって唇を塞《ふさ》がれた。

ぬるりとした柔らかい舌に口内を荒らされ、私がしたものとはまるで別物だった。水音や自分の甘ったるい声が室内に響き、また羞恥心が込み上げてくる。

「んっ……ふ、……んんっ……」

思わず逃げるように舌を動かしたものの、執拗《しつよう》に追いかけられ、絡《から》め取られる。

(元のイルゼとはキスをしていなかったなんて、信じられない)

平均なんて分からないけれど、ギルバート様のキスは普通よりも長い気がしてならなかった。

本当にキスが嫌いなら、きっとこうはならない。息苦しくなって彼の胸板を押したものの、逃がさないと言わんばかりに腰を抱き寄せられ、解放してもらえないまま。

角度を変えるたびにどちらのものか分からない唾液が口の端から溢《あふ》れて、だんだんと身体の奥がじんと疼《うず》いていくのを感じていた。

「はあっ……」

ようやく唇が離れた後、乱れた呼吸を整えていると、ギルバート様と視線が絡んだ。

私を見つめる瞳ははっきりとした熱を帯びていて、息を呑む。

（ギルバート様、興奮してる……？）

彼の身体に触れて何かをするなんてこと、私にはできそうにない。けれどキスだけでもその気になってくれるならと、勇気を出してもう一度唇を重ねた。

私からまたキスをすると思っていなかったのか、ギルバート様がぴくりと動いたのが分かる。

「はっ……んっ……」

これまでの行為は制約魔法のせいや嫌がらせのためで、私のことなんて抱きたくないだろうけど、少しでもその気になってほしいという気持ちを込めて必死に舌を絡める。

「んう……んんっ……」

私の腰に回されていたギルバート様の手がそっと背中を撫《な》でながら、上へと上がっていく。そして普段の態度とは違ったひどく優しい手つきで頭を撫でられ、小さく心臓が跳ねた。

私もキスの感覚を掴んできて上手く呼吸できるようになってきたこと、ギルバート様も応《こた》えてくれていることで、まるで互いに求め合っているかのような錯覚を覚えた。

（……気持ちいい）

そう感じてしまったことに妙な罪悪感を覚えていると、舌先を吸われ、また声が漏れてしまう。

これまでで一番長いキスを終え、ぼうっとする私の唇をギルバート様は指で拭う。

そして視線を下に向けた後、満足げに口角を上げた。

「キスだけでこんなふうになったんですか」

「や、やだ……っ」

いつの間にかギルバート様のズボン――私が跨っていた部分には染みができていて、それが自分が原因だと察した途端、消えてなくなりたくなる。

色が変わった部分を隠すように押さえた私を見て、ギルバート様はさらに笑みを深めた。

「もう慣らす必要もなさそうですね」

「ち、ちが……それにギルバート様だって……！」

実はキスの途中から、自身の臀部《でんぶ》越しにギルバート様の下半身が固くなっていくのを感じていた。

もうこれで行為に及ぶことができると分かっていながらも、キスを続けてしまったことを思うと、顔が熱くなる。

「あなたのせいですよ」

ギルバート様は私の腰を掴んで浮かせ、自身のズボンに手をかける。

そして熱くて固いものを押し当てられるのと同時に、その感触から自分がどれほど濡《ぬ》れてしまっているのかを改めて実感して、逃げ出したくなった。

「イルゼ」

珍しく名前を呼ばれ、口元に浮かぶ意地の悪い笑みから、ギルバート様が何を言わんとするのかはすぐに分かってしまった。

「……っ」

相手は寿命が縮まるほど体調が悪く、そう至らせたのは自分であること、ギルバート様の方から動く気はないと悟ったことで、私はぐっと唇を噛んで腹を括《くく》り、彼の首に腕を回した。

そしてゆっくりと腰を落とすと、体内が押し広げられていく感覚がする。

「あっ……っん……！」

どうしようもないくらいの恥ずかしさや大きな圧迫感に、涙が滲《にじ》む。けれどこれまで何度もイルゼがギルバート様に抱かれていることもあり、やはり痛みもなく奥まで受け入れられた。

自分の身体が彼の形になっているような気がして、羞恥でさらに視界が揺れる。

「どうして泣いているんですか」

「は、恥ずかしくて……」

「俺をベッドに押し倒して『動くな、好き勝手させろ』と言っていたあなたが？」

ギルバート様は呆れた表情を浮かべながら、私の目尻を指先で拭う。

過去のイルゼのせいで私がいくら恥ずかしいと訴えても、全て演技に見えてしまうのだろう。

「いつまでそのままでいるつもりですか」

「ご、ごめんなさい……」

自分が上になった状態でどう動くべきなのかも分からず、ギルバート様の肩を掴み、両足をシーツの上について上下に動いてみる。

「はあっ……っん……」

けれど自分でも分かるくらいぎこちなくて、ギルバート様主導で抱かれている時とは全く違う。

そんな私をギルバート様はベッドに座った状態のまま、じっと見つめていた。

もうどうしていいか分からず、上手くできない恥ずかしさもあって、動きを止める。

「誰が休んでいいと言いました？」

するとギルバート様は嘲笑《あざわら》うように、そんなことを言ってのけた。

今すぐ逃げ出したいけれど、やはり寿命を縮めてしまった罪悪感もあり、私は目元の涙を拭うと、再び腰を動かしていく。

「あなたが余計なことをしなければ、こんなことにはならなかったのに」

「……ごめ、なさっ……ちゃんと、しますから……」

そもそもは私自身のせいではないけれど、今回は私にも責任がある。

それからもギルバート様の上で精一杯、気持ちよくなってほしいという一心で、動き続けた。

ギルバート様は汗ひとつかかず、じっと観察するように私を見つめるだけ。私だけが恥ずかしがって必死になっている、この温度差がまた恥ずかしくて辛くて、涙が滲む。

何より気持ちいいとはあまり思えず、それは彼も同様だろう。

このままでは、制約魔法の条件――ギルバート様が私の中で、という部分を満たせない。

「……っ」

何より半端な快感しか拾えず、もどかしさが募っているのも事実だった。

そんな私に気付いたのか、ギルバート様は形の良い唇で弧を描く。

「上手《じょうず》にお願いができたなら、協力してあげますよ」

「……ギルバート様っ……助けて、ください……」

私が迷わずお願いをしたことに驚いたのか、軽く両目が見開かれる。

元の傲慢《ごうまん》なイルゼにとっては、媚《こ》びさせるなんて最高の嫌がらせだったはず。

けれど私にはそんなプライドなどないし、疲れ果てて限界を感じていた今、迷いはなかった。

「助けてください、ですか。いいですね」

どうやらお気に召したらしく、ギルバート様は楽しげに笑う。

ほっとしたのも束《つか》の間《ま》、視界が傾き、気が付けば繋がったままベッドに押し倒されていた。

そして私を見下ろしながら最奥に向かって、一切の遠慮なく腰を打ちつける。

「ああぁっ、やっ……待って、あぁっ……！」

もしかするとギルバート様自身も、我慢していた部分があったのかもしれない。

そう思えるくらい、激しく腰を打ちつけられていた。

先程とは比にならないほどの快感が一気に押し寄せてきて、頭の中が真っ白になっていく。

「も、やっ……やあ、っ……」

これまで緩やかなものだった分、強すぎる感覚に耐えきれなくなり、涙を溢れさせてしまいながら、なんとか受け止めようとギルバート様の肩を掴んだ。

「そんな顔で嫌だと泣いても、何の説得力もありませんよ」

「……ギルバート、さま……っん、う……」

「自分から頼んだくせに、我が儘ですね」

ふっと笑われ、自分でも勝手だという自覚はあったものの、もう限界だった。

態度や言葉とは裏腹に優しいキスを受け入れながら、やがて制約魔法の条件を果たせた感覚がしたのと同時に意識を手放した。

◆◆◆

「……ん、う……」

泣いて赤くなった目元に触れると、気絶するように眠ったイルゼは小さく身体をよじらせた。

少し前までは彼女の一挙手一投足に嫌悪感を抱き、憎らしくて仕方なかったというのに、今ではそんな感情は消えてしまっていることに自分でも驚きを隠せずにいる。

「……本当に頭を打って、別人になったというのか」

顔にかかったローズピンクの髪を、そっと指先で除《の》ける。

この女を心の底から憎み、泣いて縋《すが》ってきても必ず地獄に突き落とすと決めていたのだ。こんなにも簡単に絆《ほだ》されてしまうのかと、自身への呆れや苛立ちすら感じている。

たとえ今は俺を救おうという気持ちでいたとしても、俺が先程まで苦しみ、寿命が削られていったのも、元はと言えば全てイルゼがかけた制約魔法が原因だった。

『はっ、その程度で俺が満足するとでも？』

だからこそ優しくしてはいけない、苦しませ続けなければいけないという思いから、無茶な要求をし続けた。

今さら芽生えたらしいくだらない慈善心が、今や愛情も失せた俺に対しどこまで続くのか、試してやるつもりだった。

いくら彼女が泣いて嫌がっても、俺が罪悪感なんて感じる必要はない。そう、思っていたのに。

『……ごめ、なさっ……ちゃんと、しますから……』

彼女は俺の無茶な要求だって必死に呑み、従い続けた。

羞恥で頬を赤く染め、涙を浮かべながら必死に応えようとする健気《けなげ》な姿を見て何も感じなかったと言えば、嘘になる。

『……ギルバート、さま……っん、う……』

母に対して呪詛《じゅそ》の言葉を吐いた彼女の唇と唇を重ねることだって、気色が悪くて仕方なかったはずなのに。気が付けば、貪るように何度も口付けてしまっていた。

「……やはり俺も、本当におかしくなったんだろうな」

この一年は気の休まる時間なんてなく、常にイルゼの影に付き纏《まと》われたせいで、まともな精神状態ではなくなっていても何ら不思議ではない。

このまま彼女のあどけない寝顔を見ていたらよりおかしくなってしまいそうで、寝室を後にして執務室へ向かう。

するとそこには待機を命じていたモーリスの姿があり、彼は俺の姿を見るなり立ち上がって駆け寄ってきた。

「ギルバート様、体調は……！」

「もう問題ない」

つい数時間前までは常に息苦しく、自分の中で何かがすり減っていく感覚がしていたものの、イルゼと身体を重ねてからは驚くほど楽になっている。

本当にふざけた「呪い」だと、乾いた笑いが漏れる。

モーリスも俺が誰と何をしてきたのか察したのだろう、それ以上尋ねてくることはなかった。

「そちらの書類は全て奥様が確認してくださったものです。効率よく作業するためのマニュアル作成もされていました」

仕事に取り掛かる中、机の上に置かれていた書類の束を差したモーリスはそんな話をする。

「正直助かってはいますが、一体どういう風の吹き回しなんでしょうか」

「……分からない」

最近のイルゼは公爵夫人としての仕事をするようになり、彼女に厳しい態度だったモーリスさえ、その働きぶりを評価していた。

(文字が並んでいるのを見るだけでも吐き気がすると言っていた人間が、頭を打ったくらいでここまで変われるのか?)

イルゼは努力や勉強がとにかく嫌いで、平たく言えばかなり頭の悪い女だった。手紙すら自分で書こうとせず、メイドに字を真似させて書かせるほどだというのに。

モーリスは仕事の早さについても褒めていたが、そうなると単なる知識だけでなく、経験も間違いなく必要なはず。

やはり不可解なことは多く、自分の中で違和感がさらに大きくなっていくのを感じる。俺は書類にペンを走らせていた手を止めると、モーリスへ視線を向けた。

「人間の性格が変わる――人間の中身が入れ替わるような方法がないか、調べてくれないか」

◇◇◇

窓から差し込んでくる日差しが眩《まぶ》しくて、逃げるように寝返りを打って、毛布の中に潜り込む。

するとふわりと慣れない甘くて優しい良い香りがして、思い切り息を吸い込んだ。

「……んん……」

全身がだるくてあちこちが痛くて、倦怠感《けんたいかん》がひどくて瞼《まぶた》が重たくて仕方ない。もう一度眠ろうと枕をぎゅっと抱きしめたところで、久しぶりのリタの声が頭上から降ってきた。

「奥様――もう――したよ。――しても――ですか?」

まだぼんやりしていること、枕に顔を埋《うず》めていたこともあって、ほとんど聞き取れない。

けれどいつものように「朝食を部屋に運んできても良いか」という話だろう。

働かない頭でそう判断し、ベッドの上で丸くなったまま「それでお願い」とだけ返事をした。

(あと十分だけ……本当に眠くて仕方ないわ……)

再び夢の中へ落ちていく、とまどろんでいたところで、室内に複数の足音が響く。

「――イルゼ様?」

そして聞こえてきた声の主が誰か気付いた途端、頭から冷水をかけられたような感覚がした。

嘘みたいに一気に眠気が覚め、ばっと毛布から顔を出す。

すると予想通り、そこにはこちらを戸惑いながら見つめるシーラの姿があった。

「えっ……な、なんで……」

それもここは私の部屋ではなく、ギルバート様の部屋であることに気付いてしまう。何もかもが理解できず、パニックになりながら自分の額に手をあてた。

（そうだわ、今日はシーラを公爵邸に招いていて……）

今日はシーラとギルバート様を偶然を装って引き合わせるため、招いていたことを思い出す。

さっきのリタの問いかけも朝食の話ではなく、シーラのことだったのだろう。

普通の客人ならこんな状態で出迎えるなんてありえないけれど、シーラが平民である以上、使用人程度の扱いで良いと判断されたのかもしれない。

昨日まで忙しかったこともあり、きちんと彼女について説明しておくべきだったと反省した。

「ご、ごめんなさい！　私ってば寝坊し、て……」

急いで対応しようとベッドから下りた途端、私を見つめるシーラの空色の瞳が見開かれる。どうしたのだろうと彼女の見つめる先、自身の身体へ視線を向けた私は、声にならない悲鳴を上げた。

「……っ」

薄い肌着姿の私の真っ白な肌の上には、例のごとく全身にたくさんの赤い跡と噛み跡があって、激しい行為があったのは一目瞭然だったからだ。

同時にギルバート様との昨晩の出来事を思い出し、さらに恥ずかしさでいっぱいになる。

（病人のくせに、よくもあんな恥ずかしいことを……！）

寿命なんてひどく重たいものがかかっているからこそ、私が断れないと踏んだのだろう。ギルバート様は次々と私にとんでもない命令をしてきて、一生分の恥ずかしい思いをした。

『誰が休んでいいと言いました？』

『そんな顔で嫌だと泣いても、何の説得力もありませんよ』

思い出すだけでも、消えてなくなりたくなる。一方のギルバート様は終始楽しげで、復讐《ふくしゅう》だけでなくあれは元々かなりのドSなのだと思い知らされていた。

（あ、あれで小説のシーラは平気だったの……？）

憧れのピュアな両片想いをしていた二人が実は裏でSMプレイをしていた、なんて事実があったら立ち直れなくなりそうなので、どうか私限定であってほしい。

けれどその甲斐《かい》あってか、ギルバート様の体調は落ち着いたようだった。そして月二回というノルマがある以上、また近々しなければいけないと思うと、気が重くなる。

「あの、イルゼ様……大丈夫ですか……？」

ぐるぐると色々考えては内心頭を抱える私に、シーラは気まずそうに声をかける。

その声は今にも泣き出しそうなくらい震えていて、本当にやってしまったと泣きたくなっていた。

「ご、ごめんなさい、こんな姿を見せてしまって……」

憧れの大好きな人にこんな姿を見られて恥ずかしさで死にそうな上に、いずれギルバート様と愛し合うシーラに行為がバレてしまったなんて、あってはいけないことだろう。

元の恋人だとか浮気相手だとか、他の女性の影はずっと付き纏うと聞くし、今の私は純粋なシーラにとってかなりショッキングな姿に違いない。

そもそもギルバート様の性癖を疑われて、好感度が下がってしまいそうだ。

とにかくお互いに愛はないこと、これは望んだことではなく公爵家の跡取りのための義務だとか、そんな理由があることを伝えなければと、焦燥感が募っていく。

「あ、あああの、これにはその、仕方のない事情があって」

「……事情、ですか？」

私は毛布で身体を隠しながら、シーラに向き直った。シーラは両手を胸の前で組み、悲痛な表情を浮かべたまま。その姿を見ていると余計に動揺してしまい、私は慌てて続けた。

「こ、この行為には愛なんてなくて、ただの義務なの」

「………………」

「それに私、ギルバート様に対して恋愛感情は一切抱いていないの。本当よ、だから気にしないで！お願いだから！」

恥ずかしさやパニックにより自分が何を言っているのか正直よく分からなくなっていたものの、必死に「ギルバート様のことは何とも思っていない」という顔をする。

私が彼に好意を抱いているなんて勘違いをされては、私を恩人だと思っている誠実なシーラは絶対に彼に恋心を抱かないようにしようとするはず。

だからこそ、全力で否定しておかなければ。

するとシーラはゆっくりとベッドの上に座ったままの私の側へやってきて、床に膝をつけて跪《ひざまず》く。

そして無造作に置いていた私の手をそっと取り、両手で優しく握りしめた。

「イルゼ様、大丈夫です。全て分かっていますから」

「えっ？」

「ですからもう、何も言わないでください」

まともなフォローができた自信はなかったため、シーラの言葉に脳内は「？」でいっぱいになる。

（全てってなに……？　何を分かってくれたの？）

けれどシーラはとても聡《さと》い子だったはずだし、色々と事情を察してくれたのかもしれない。

もう何も言わないでと言われたこともあり、これ以上は黙っておくことにした。

「ありがとうシーラ、本当にごめんなさい。今日はあなたとゆっくりお茶をしたり、おしゃべりをしたりしたくて――」

「イルゼ様、お風呂に入りましょう。今すぐに」

「えっ？　あの」

「こちらですよね、お手伝いいたします」

そんな中、なぜかシーラは私を立ち上がらせると、腰に手を回して部屋に隣接しているお風呂場へ連れていく。

（もしかしてお風呂に入っていないのが嫌だった……？）

確かにあんな行為をして、お風呂に入らず気絶するように寝て起きて今なのだから、汚いと思われても仕方ない。再び恥ずかしさで消えたくなりながら、私は大人《おとな》しく連行された。

「一人で入れるから大丈夫よ！　本当に！」

「いえ、全て私にお任せください。内出血は温めると早く治りますし、全て綺麗《きれい》にしてみせます」

やけにはっきり綺麗に、と言ってのけたシーラに「やっぱり汚いと思われていたんだわ……」となりのショックを受けた私は、もう大人しくお願いすることにした。

(どうしてこんなことに……でも、すごく気持ちいい)

メイド経験のお蔭《かげ》かシーラはてきぱきと動き、手慣れた様子で身体から髪まで驚くほど丁寧に洗ってくれる。

普段お願いしているメイドと違って、無性に恥ずかしいけれど、もう開き直って湯船に浸かったまま目を閉じた。

「イルゼ様は、本当に何もかもが綺麗ですね」

「そ、そう……？　でも、こんな状態じゃとても……」

今の私の身体はとても綺麗とは言えないほど、色々な跡だらけになっているというのに。

正直こんな目に遭っては、もうお嫁にいけないくらいの気持ちだった。

するとシーラは、今にも泣き出しそうな顔をする。

「……とてもとても、お辛かったでしょう」

思ったよりも彼女は心配をしてくれているらしく、このままではギルバート様が悪者になってしまうと焦った私は慌てて口を開いた。

「でも、元々は私がお願いしたことなの！　それにすごくお上手だから痛いとかもなく、て……」

「………」

そこまで言いかけて私は何を喋《しゃべ》っているんだろうと、自分の愚かさに泣きたくなった。

けれど事実、精神的にかなり恥ずかしい想いをするだけで、身体に関しては「短時間で元のイルゼを満足させていた」というのが納得できるほど、知り尽くされている感じがしていた。

(毎回、最後には意識を失ってしまうくらいだし……)

シーラは髪を洗っていた手を止めると、桃色の唇をぐっと噛み締め、長い金色の睫毛を伏せた。

「私にも、イルゼ様のような身分があれば良かったのに」

「えっ？」

やはりシーラは平民という身分の中で、もどかしさややるせなさを感じているのかもしれない。

そんな中で、偽物の私が公爵家の人間として恩恵を受け続けるなんて間違っている。

「……私だって、貴族として生まれてきたかった」

「シーラ……」

平民落ちやギルバート様の報復に備えて安全を確保してからだとか、もっと良いタイミングもあるはず。けれどシーラのこんな思いを聞いて、黙っていられるはずがなかった。

今のシーラとの関係なら今すぐに追い出されたり、周りに広められたりすることもないだろう。

そう思った私は全てを話すことを決意し、湯船から身体を起こすと、シーラの手を取った。

「……イルゼ様？」

「シーラ、実はあなたはゴドルフィン公爵家の人間なの」

そう告げた瞬間、シーラの口からは「え？」という、戸惑いの声がこぼれ落ちた。

「……私が、ゴドルフィン公爵家の人間……？」

「ええ。私達は生まれてすぐに取り違えられたみたい」

小説ではゴドルフィン公爵夫妻に恨みのある人間のせい、とだけ書かれていて詳細は分からない。

けれどこれは間違いのない事実で、いずれ調べれば分かることだろう。

「何かの冗談、ですよね……？」

「信じられないかもしれないけど、本当のことなの」

シーラは戸惑いや驚きを隠せない様子だったものの、それも当然だろう。家族も取り巻く環境も、これまで生きてきた全てがひっくり返るようなものなのだから。

「私も知ったのは最近で、お母様があんな事故にあったばかりだから、タイミングを見て伝えようと思っていて……」

「……っ」

けれど私が嘘を言っていないと伝わったのか、シーラは息を呑んだ。彼女に触れていた手を、ぎゅっと握り返される。

「つまり、母と私は血が繋がっていない赤の他人、ということですか……？　そしてイルゼ様が、母の本当の……」

「……ええ。あの時も実の母だなんて知らなかったの」

やはりあれほど大切にして一緒に暮らしていた母親と血が繋がっていない、というのはショックのようだった。

その様子に胸が痛んだけれど、どちらにせよあと数ヶ月後には知ることになるのだから、受け止めてもらうしかない。

「この先のことは、あなたの意志を優先したいと思ってる。お母様と引き離したりなんてこと、絶対にしないわ」

「イルゼ様……」

「事情があって私は今すぐにここを出て行くことはできないんだけど、どんなに長くても五ヶ月後、ここを去ってあなたに全てを返すつもりでいるから」

まっすぐに伝えると、シーラの瞳が大きく見開かれた。

「イルゼ様、私はそんなつもりじゃ……！」

「元々、全てあなたのものだもの。それに私はギルバート様と離婚をして、ここを出て行くつもりだったから」

ギルバート様にはまだ恨まれているし、ナイルお兄様も血縁関係がないと知ればどんな対応をしてくるか分からない。

シーラと結託し、良いタイミングで全てを明らかにして逃げ出せれば私としてもありがたかった。

本来、ギルバート様が全てに気付くのはシーラと愛し合い散々すれ違った後だから、まだ時間はあるはず。

「公爵様とも、離婚されるんですか……？」

「ええ。そもそも平民は公爵夫人の座に相応《ふさわ》しくないもの」

「……ここを出て、どのようになさるおつもりですか」

「平民として生きていくわ。治癒魔法でたくさんの人の治療をしながら、生きていけたらって思っているの」

するとシーラは、ぐっと果実のような唇を噛み締めた。

「いけません！　イルゼ様が平民になるなんて……！」

「これが正しいんだし、問題ないわ。本来、私こそあなたと会話をすることすらできないような身分なんだから」

天使のように優しいシーラは、自分のことよりも私のことを心配してくれているようだった。

けれど私としても、一番の幸せの道だと思っている。

私は「とにかく」とシーラの手を握る手に力を込めた。

「あなたはいずれ、ゴドルフィン公爵家の娘になるのよ。本当の家族からも大切にされるはずだし、これからはきっとどんな願いだって叶《かな》えられるわ」

身分が欲しい、貴族として生まれてきたかったとこぼしたシーラが、どんな願いを抱いているのか分からない。けれどこれまで苦労をした分、幸せになってほしいと思っている。

彼女をずっと大切に育ててきたシーラの母――イルゼの実の母にも公爵家は感謝するだろう。

この先の暮らしに困ることもないはずだし、私もできる限り陰ながらそのサポートをできたらと思っている。

「どんな願いでも、叶えられる……」

シーラは小さな声で呟《つぶや》き、じっと私を見つめながら考え込むような様子を見せた。

そして少しの後、柔らかく目を細めてふわりと微笑む。

その笑顔は思わず心臓が跳ねてしまうくらいに綺麗で、それでいてなぜかぞくっとするような何かがあった。

「話してくださってありがとうございます。私はイルゼ様のお望みのタイミングで、公爵家に戻ろうと思います」

「ほ、本当に……？」

「はい。不安なことも多いですし、驚いていますが……何も分からない私を助けてくれますか？」

「もちろんよ！　私にできることなら何でもするわ！」

シーラが受け入れてくれて良かったという安堵、全力でアシストするというやる気が溢れ、つい前のめりになる。

結果、バスタブの中のお湯が波打ち、側にいたシーラの身体に思い切りかかってしまった。

「ご、ごめんなさい！　すぐに替えの服を用意するから！」

「……これだけ濡れちゃったら、もういいですよね」

「えっ？」

するとなぜかシーラは濡れたワンピースを着たまま、湯船に入ってきた。バスタブに座ってお湯に

浸かっている私の上に乗っかるような体勢になり、彼女の重みを感じる。

（な、なんで……こんな……）

綺麗な金髪が湯船に広がり、顔と顔が近づく。

私はというとあまりの驚き、そしてシーラの色気や美しさにより、動けなくなってしまっていた。

「ねえ、イルゼ様」

「……っ」

「私、もう我慢したりしませんから」

シーラの言う「我慢」が何なのか、分からない。それでも聞いてはいけない気がして、ただ熱を帯びた空色の瞳を見つめることしかできずにいた。

するりと首に両腕を回され、柔らかな身体と水を吸った服が自身の身体に張り付く。

「大好き」

そして耳元で酔いそうなくらい甘い声で囁《ささや》かれた私は、もう指先ひとつ動かせなかった。

シーラからこれまで感じていた一歩引いた距離感や、遠慮するような態度がなくなった気がしてならない。

（シーラの望みって、まさか……）

そして自意識過剰なんかではなく、彼女の望みに自分が関わっているような気もする。

本当にこのまま私が目指す未来に辿《たど》り着けるのかと、不安が広がっていくのを感じていた。

◇幕間　繋《つな》ぎ合わせた心

「シーラ、気をつけて帰ってね。またすぐに連絡するわ」

「ありがとうございます、お待ちしてます」

エンフィールド公爵家の馬車に乗り込み、イルゼ様に見送られながら公爵邸を後にした。

窓越しに小さくなっていく愛《いと》しいイルゼ様の姿を、そっと指でなぞる。馬車が見えなくなるまで笑顔で手を振り続ける姿も愛おしくて、自然と笑みがこぼれた。

「……大好き」

言葉にするたび、より彼女への気持ちが大きくなっていくのを感じる。恋なんてしたことがなかったし、異性どころか同性に対して特別な感情を抱いたことなんてなかった。

なぜこんなに心惹《ひ》かれるのか、自分でも分からない。

――けれどあの日、事故現場で命の火が消えかけた母の姿を見た瞬間、私の心は一度壊れてしまったように思う。

まだ息があるのが不思議なくらい、素人目《しろうとめ》にも助からないと分かった。

死んでしまった方が楽だと思えるほどで、周りにいた人々も言葉にはしていなかったけれど、誰もがもう無理だと諦めていた。

唯一の家族を失ってしまうのが怖くて、私は子どもみたいに泣くことしかできなかったのに。

『絶対に、助けますから』

イルゼ様だけは、諦めずに母を救おうとしてくれた。

『……げほっ……はあっ……』

血を吐きながら、息を切らしながら必死に治療する姿に涙が止まらなかった。赤の他人のためにあれほど心を砕き、自らの命を顧みず行動できる人など他にいるだろうか。

『どうして、そこまでしてくださるのですか……？』

私の問いに対し弱々しい、けれど優しさに溢《あふ》れた笑顔を向けられた瞬間、どうしようもなく胸を打たれた記憶がある。

きっと女神様が存在するのなら、彼女のような姿をしているのだろうと本気で思った。

──あの瞬間に私の心が壊れてしまったのなら、それを作り直してくれたのはイルゼ様だった。

(だから、私の胸の中は彼女でいっぱいなのかもしれない)

何よりイルゼ様は愛らしくて素直で優しくて、会うたびに彼女自身により惹かれていくのを感じていた。こんなにも誰かを好きになることなんて、もうないと思えるほどに。

けれど、どうしたって埋められない大きな身分の差により、彼女の側《そば》にいられる未来なんてないことも分かっていた。

つい、先程までは。

「……私が、ゴドルフィン公爵家の人間だったなんて」

天地がひっくり返るような衝撃で、未《いま》だに信じられない気持ちはある。とはいえ、イルゼ様がこんな嘘《うそ》をつくはずがない以上、事実なのだろう。

大切な母と血縁関係がなかったことにはショックを受けたものの、今までもこれからも家族であることに変わりはない。

(私が公爵令嬢で、イルゼ様が平民……)

立場の差に変わりはないけれど、これまでとは色々なものが変わってくる。私がイルゼ様のためにできること、彼女の側にいる手段が増えるのだから。

『……実は私ね、ずっとシーラに憧れて励まされていたの』

『本当に、本当に大好き』

イルゼ様だって、私を大好きだと言ってくれた。

いつ私のことを知ってくれたのかは分からないものの、照れたように微笑《ほほえ》む姿、まっすぐな言葉や熱のこもった声音からは全《すべ》て本気だというのが伝わってきた。

たとえ今は私とイルゼ様の「好き」の形に違いがあったとしても、この先は分からない。私が抱くものと同じ愛情を得たいと心から思っている。

(まずは公爵令嬢としての地位を固めるべきだわ)

ゴドルフィン公爵家の家族からも愛される完璧な令嬢にならなければ、その権力を行使することはできない。

平民に身を落とそうとしているイルゼ様を守るためにも、必要なものだろう。

生まれながらにして公爵令嬢の立場だったイルゼ様が平民として暮らすなんて、とても辛《つら》くて惨《みじ》めに違いない。

それでも私のために「全てを返す」なんて笑顔で言ってのける心の美しさ、気高《けだか》さには敬服せずにいられなかった。

（そんなイルゼ様を、あんな風に傷付けるなんて……）

痛々しい全身の赤い痕《あと》を思い出すだけで、怒りが込み上げてくる。

望まない行為を必死に受け止め、公爵様を庇《かば》うイルゼ様の健気《けなげ》さに、ひどく胸を締めつけられた。

イルゼ様は別れたがっているのに、そうできない何らかの事情があるようだった。

「……私が、イルゼ様を私が救わないと」

あんなにも美しくて清らかで優しい方を、他の人間に穢《けが》されるなんてこと、許せるはずがない。

どんなことをしてでも優しくて美しい彼女を守り、二人だけでずっとずっと生きていける環境を作らなければ。

「待っていてくださいね、イルゼ様」

そっと自身の指先で、唇に触れてみる。

今でも目を閉じればあの日の温《ぬく》もりや感触が鮮明に脳裏に蘇《よみがえ》り、鼓動が速くなっていく。

今日だって湯船の中で身体《からだ》をすり寄せると、イルゼ様は真っ赤な顔で恥じらいながらも、私を受け入れてくれた。

（次はもっと、触れられますように）

愛しい彼女の姿を思い出しながら、私はこれから先どうすべきなのかを考え続けていた。

◇表と裏

シーラを見送った後、心身ともに疲れ果てていたせいか、再び翌朝までぐっすり眠ってしまった。

ギルバート様と彼女を引き合わせるという作戦は今回も失敗したものの、あの様子では今のシーラを彼と会わせても恋なんて始まらないのは明白だろう。

『私、もう我慢したりしませんから』

シーラの愛情はなぜか私へ向けられているままで、憧れのヒロインに好かれているのはもちろん嬉《うれ》しい。けれど「こっちじゃない」という気持ちで内心は複雑だった。

(でも、公爵令嬢になったシーラが味方してくれれば、最悪の未来は避けられるはずよね)

小説のファンとしてはギルバート様と幸せなハッピーエンドを迎えてほしいけれど、ひとまずは自分の娼館《しょうかん》落ちエンドを避けることを最優先にしたい。

「……よし、今日も頑張《がんば》らなきゃ！」

昨日もゆっくりしてしまった分、午後からの予定まではやるべきことをしようと気合を入れる。

少し早く目が覚めたこともあり、朝食まではまだ時間があるはず。

図書室で本でも借りてこようかなと自室を出てすぐ、廊下でばったりとギルバート様に出会《でくわ》してしまった。

「おはようございます」

「お、おはようございます……」

彼と顔を合わせるのは地獄の羞恥《しゅうち》プレイの最中、意識を失って以来で、今すぐにでも逃げ出したくなる。

まだ身体《からだ》だってあちこち赤い跡まみれで、今朝も着替える間も目を背けたくなったくらいだった。

「体調はどうですか？」

様子を窺《うかが》いながらそう尋ねると、ギルバート様は両目を瞬《また》いた後、なぜかふっと笑った。

柔らかな笑みに一瞬どきっとしてしまったものの、このタイミングでは小馬鹿《こばか》にされているような気がしてならない。

「ど、どうして笑うんですか……！」

「いえ、あなたは本当にぶれないなと」

ギルバート様は口角を上げたまま近づいてくると、手を回して私の後頭部をぐっと引き、耳元に唇を寄せた。

「良くないと言ったら、また助けてくれるんですか？」

「……っ」

一昨日の夜もこんな風に引き寄せられ、耳元で繰り返し色々と囁《ささや》かれたことを思い出し、顔が熱くなる。慌てて彼の肩を押して数歩下がり、距離を取った。

本当に油断も隙《すき》もなく、いい加減にしてほしい。

「朝からこんな嫌がらせをするくらい元気があるようで、心配して損をしました」

「お蔭《かげ》様で。ああ、よければ一緒に朝食を食べませんか」

「……えっ」

予想外の誘いに、戸惑いの声が漏れる。食事なんてこれまで一度も、一緒にとったことがなかったというのに。

「ど、どうして……」

「あなたと食べてみたいと思ったからです」

そんなことを当然のように言うギルバート様が何を考えているのか、理解できない。それでも一緒に食事をして良いことなんてないと判断した私は、さらに数歩後ろへ下がった。

「以前も言いましたが、これまで通り私のことは放っておいてください！　本当にお気遣いなく！」

「ははっ、やけに大きな声ですね。ずいぶんな嫌われようだ」

口元に手を当てて笑うギルバート様から顔を背けた私は、逃げるが勝ちだと思い、今来た道を走って戻った。これ以上一緒にいたら、彼のペースに完全に呑《の》まれてしまいそうだ。

（……なんで、あんな風に笑うのよ……）

これまで向けられていたものとは違い、あまりにも毒気のない笑顔だったから。

ほんの一瞬だけ、彼の言葉をそのまま受け取ってしまいそうになった。

本当に調子が狂うと思いながら、私は自室のドアを思い切り閉めて、大きな溜《た》め息《いき》をついた。

◇◇◇

それから書類仕事をして軽く勉強をした後、私は王都の街中にあるカフェにやってきていた。

白と金を基調とした広い店内は高級感に溢《あふ》れていて、よく磨かれた床やふかふかの椅子《いす》、ティーカップひとつまで全《すべ》て最高級のものであることが窺える。

「お前は今日もかわいいね、目に入れても痛くなさそうだ」

「あ、ありがとう……」

私はというと、そんな店内で目の前に座り、ニコニコと微笑《ほほえ》むナイルお兄様の視線を受けながら、やけに良い香りのする紅茶をいただいていた。

そう、今日はお兄様と離婚対策会議をするという名目で、街中へとやってきている。先日の「気分転換に街へ出かけようか」という発言を、有言実行してくれるつもりらしい。

まだ先日の首絞め事件の恐怖心も残っているし、全てがバレれば即座に殺されてもおかしくないという恐ろしいリスクはあるものの、しっかり頼らせてもらおうと思っている。

「でも、とても素敵なお店なのに空いているのね」

場所だって街の一等地だし、ケーキも美味《おい》しいし。サービスだって完璧で、雰囲気も最高に良い。

けれど店内には私達と一組の女性客しかいないのが、不思議で仕方なかった。

「ああ、俺が来る時は伯爵家以下の人間は入れるなって言ってあるからじゃない？」

「…………」

お兄様はどこまでも身分至上主義で下位貴族にまで厳しいらしく、清々《すがすが》しさすら感じる。

私をただ眺めるだけにもようやく飽きたのか、お兄様は紅茶に口をつけると、小さく息を吐いた。

「制約魔法については俺の方でも調べているけど、やはり有効な手は見つからないな」

「そうなのね」

「それと、あいつは最近も我が家を含めてお前の周りを調べ回っているみたいだ。かなり周到にね」

「そんな……」

あいつというのは、もちろんギルバート様のことだろう。

動揺した私が置いたティーカップのガシャンという音が、静かな店内に響く。

小説を読んで分かっていたことであっても、こうして実際にギルバート様が動いていると聞くと、落ち着かなくなる。

（……一緒に食事をしようなんて言い出したのも、やっぱり私から情報を引き出すためなんだわ）

油断してはならないと、改めて自分に言い聞かせる。

小説の後半ではギルバート様とシーラの恋愛をメインに描かれていたため、イルゼがどんな悪事をしていたのか詳細は知らない。だからこそ、余計に怖くて仕方なかった。

「大丈夫だよ、あのことは絶対にバレないから。俺だって平穏に暮らしていたいんだ」

そんな不安でいっぱいの私の様子に気付いたのか、テーブルに頬杖《ほおづえ》をついたお兄様はふっと笑う。

「……あのこと？」

「ああ、そうか。別人のお前にはイルゼの記憶も一切ないから知らないんだったね。忘れていいよ」

「…………」

「ほら、あーんして？」

そして話題を変えるようにお兄様はフォークを手に取ると私の食べかけのケーキを切り分け、差し出してきた。

無視もできず口を開けると、笑顔のお兄様によって生クリームがたっぷり載ったケーキが舌の上に載る。それでも味なんて分からなくて、何度か咀嚼《そしゃく》してぐっと呑み込んだ。

（イルゼの過去の悪事を知っているような……ううん、違う）

――まるで、イルゼとナイルが一緒に何かをしていたような口ぶりだった。

イルゼとナイル、それぞれ異なる異常性を持つ兄妹なら、悪行の限りを尽くしていてもおかしくない気がして、胸騒ぎが止まらなくなる。

もしも取り返しのつかないことをしていたなら、私が必死に足掻《あが》いたって悲惨な結末からは逃れられないからだ。

半端に小説の知識があるせいか、この世界での自分の知らないことが怖くて仕方がない。

「この後はオペラを見に行こうか。俺は好きじゃないけど、元のイルゼは好きだったんだ」

「……え、ええ」

「それにお前はもっと華やかな装《よそお》いの方が綺麗《きれい》だよ。あとで俺が好きなだけ買ってあげる」

笑顔のお兄様に腕を引かれてカフェを後にしながら、私の心臓はずっと嫌な音を立て続けていた。

カフェから劇場までは徒歩圏内で、前回と同じく腕を組ませられながら街中を歩いていく。

前から思っていたことだけれど、お兄様はいつも恐ろしく良い香りがする。

本人曰《いわ》く香水らしいけれど、ずっと嗅いでいたいと本気で思えるくらいで、何か良くないものでも入っている気さえしていた。

「紅茶とケーキ、ごちそうさまでした。とっても美味しかったわ！　特にふわふわの生クリームの甘さがちょうど良くて……」

突然お店を出たせいで、ご馳走《ちそう》になったお礼を言うのも忘れていた。するとお兄様は、吹き出すように小さく笑う。

「あはは、律儀だねえ。どういたしまして」

あまり兄妹間では、こうしてお礼を言ったりしないのだろうか。まあ、元のイルゼは何に対してもお礼なんて言わなさそうだと思いながら、歩みを進める。

「うわあ、ド派手なネックレス……それにしてもこの宝石、大きすぎない？　親指くらいありそう」

「気になるのなら買おうか？」


「このドレスの刺繍《ししゅう》、細かすぎて芸術品みたい」

「そうだね。着替える？」

その途中、大通りにあるお店のショーウィンドウを覗《のぞ》いて他愛《たわい》のない感想を言うたび、お兄様は当たり前のように買ってくれようとするから、断るのが大変だった。

もちろんどれも値段だってとんでもなく高いし、お金持ちの感覚というのはすごいなと、妙な感動を覚えてしまう。

「ううん、大丈夫。こうして見ているだけで楽しいもの」

「……見ているだけで楽しい？」

「ええ。たとえ何かを買うにしても、じっくりどれにしようかなって考えるのもわくわくするし」

私の言葉を全《まった》く理解できないらしく、首を傾《かし》げている。

裕福な公爵家の人間からすれば、この程度の金額なら悩むくらいなら買った方が早い、という感覚なのかもしれない。

「それに簡単に手に入ったものより、たくさん悩んだり苦労したりして手に入れたものの方が、自分の中での価値が上がる気がするの」

「自分の中での、価値……」

学生の頃、どうしても自分のバイオリンが欲しくて、一生懸命バイトして節約して、お金を貯《た》めて買った記憶がある。

もっと良いものを大人《おとな》になってから買ったけれど、必死に手に入れた最初のものの方がずっと、自分にとって価値があって大切なものだったように思う。

「そうなんだ。俺は何でも簡単に手に入るから、よく分からないかな。その分、大切なものなんて何ひとつないけど」

笑顔のままそう言ってのけたナイルお兄様の姿を見て、少しだけ悲しくなった。きっと彼にとっては元のイルゼ同様、家族でさえもさほど大切な存在ではないのだろう。

「……いつかお兄様に、そう思えるものができたらいいな」

お兄様は平民を人とも思わない身分至上主義だけど、どんな人でも誰かにとっての大切な人だと考えられるようになれば、優しくすることができるかもしれない。

そんなことを思いながら彼の腕をきゅっと掴《つか》み、やがて到着した劇場に足を踏み入れた。

「すっごく素敵だった……！　夢の中にいたみたい」

オペラを見終わってお兄様と劇場を出た私は、思わず両手を握りしめて興奮を隠しきれずにいた。

ただの劇のようなものを想像していたものの、出演者もみんな元の世界では拝めないほどの美男美女だった上に、演技も歌もそれはもう素晴らしかった。

衣装や音楽の素晴らしさだけでなく、魔法を使った幻想的な演出がそれら全てを引き立てていた。

何もかもがこの世のものとは思えないくらいに美しくて、本当に物語の世界に入ったような錯覚を覚えたほど。

「最後は涙なくしては見られなかったし、途中の水辺でのすれ違いのシーンも本当に切なくて――」

「…………」

つい熱く語ってしまっていたけれど、ふと我に返り、隣を歩くナイルお兄様がじっと私を見つめていることに気付く。

「ごめんなさい、うるさかった？」

「……いや、そんなに喜んでくれると思わなかったんだ。これほど喜ばれたのは初めてだったから」

元のイルゼ含め貴族の女性はみんな子どもの頃から見慣れているだろうし、こんなはしゃいだりはしないのだろう。

けれど私はオペラが始まってすぐ夢中になって、さっきまでの不安だとか憂鬱《ゆううつ》な気分なんて全て吹き飛んでしまったくらい、心から感動をしてしまった。

「私にとっては本当に本当に素晴らしい経験だったの！　きっとあの席だって特別なものよね？　どうもありがとう」

初めて劇場に足を踏み入れたけれど、私達が座った席は他と違って高い位置にある個室のような場所だった。そして、一番の特等席だったように思う。

だからこそ、笑顔で心からの感謝を伝えると、お兄様はやっぱりどこか戸惑ったような様子で私を見つめていた。


それからもまだ時間があるとのことで、私が気になったお店を二人で見て回った。

「これは何かしら？　不思議な形だけど」

「ああ、それは魔道具だよ。こう使うんだ」

「えっ？　こんな便利なものが存在するの……!?」

「ねえ見て、かわいい動物の耳がたくさん！」

「ははっ、よく似合うよ」

「お兄様こそ、元々生えているみたい」

やはり私はまだこの世界について知らないことばかりで、全てが新鮮で楽しくて仕方ない。

なんだかこうしていると本当の兄妹みたいで、胸が温かくなるのを感じていたのだった。

◇◇◇

空が茜《あかね》色に染まり切った頃、お兄様にエスコートをされた私はエンフィールド公爵邸の前で馬車から降りた。

「今日、すっごく楽しかったわ！　ありがとう」

離婚についての作戦そっちのけで、ただ純粋にお出かけを楽しんでしまった、けれど。

この世界に来てからというもの、私は「遊ぶ」ということを一切していなかったように思う。

だからこそ、開き直って目いっぱい遊んで、本当に楽しかった。

そしてそれは、お兄様がずっと私を楽しませようとしてくれていたからだ。常に気遣いをしてくれていたことも、私を最優先に動いてくれていたことも分かっている。

(おかしいところもあるけど、妹想いなのは事実だわ)

改めて心からの感謝を伝えた後、私は鞄《かばん》の中から綺麗に包装された小さな箱を取り出した。

「これ、良かったら」

「……なに？　これ」

お兄様に差し出したこの箱の中には小さな宝石がついた、男性用のカフスが入っている。

実はこれまでもお兄様は私のために制約魔法を解く方法についてや、ギルバート様周りのことを調べてくれていて、そのお礼のつもりだった。

「お兄様へのプレゼントなの。その、本当に大したものじゃないんだけれど……」

私がこれまで治療をして稼いだお金の一部で、今日ここへ来る前に買っておいた。

この世界での貴族の金銭感覚には全く慣れていないため、高価なアクセサリーでギラギラしたお兄様がつけているものに比べると、安価で地味かもしれない。

それでもとても素敵なデザインで、私はナイルお兄様によく似合うと思っていた。

「いつも助けてくれてありがとう」

「………」

「あ、でも、いらなかったら使わなくても──わっ!?」

なかなか受け取ってもらえず戸惑っていると、突然ぎゅうっと抱きしめられ、驚いてしまう。

どうしたんだろうと顔を上げれば、嬉しそうに微笑むお兄様と視線が絡《から》んだ。

「……嬉しい、すごく嬉しいみたいだ」

「本当？」

「ああ。イルゼから何かをもらったことだってなかったし」

お兄様の様子を見る限り、嬉しいというのは本当らしく安堵《あんど》する。

元のイルゼの行いが悪すぎたせいで、些細《ささい》なことでも喜んでもらえるのかもしれない。

少しでもお礼になったなら良かったと思っていると、身体に回されている腕に力を込められた。

「……俺も今日、楽しかったよ。誰かと出かけて、こんなに満足した気持ちになったのは初めてだ」

何か特別なことをした覚えはないけれど、そう言ってもらえたのは嬉しい。

「何でも喜んで感謝してくれる姿も、俺にはないようなお前の考え方も、全てが新鮮だった」

「お兄様……」

「お前が俺のことも楽しませようとしてくれてることも、伝わってきたからかな。ありがとう」

それからお兄様は、一緒に出かけた相手が自分を楽しませようとしてくれたのも初めてだと、話してくれた。

——ひねくれた元のイルゼやお兄様が関わるような超上位貴族の女性達とは違って、珍しかったのかもしれない。

こんなことで好感度が上がるのは予想外だったものの、お互いに楽しい気持ちで過ごせたのなら良かった。

私から少し離れたお兄様は私の手にあった小箱を受け取ってくれた後、私の頬に触れ、近距離で見下ろした。

「またすぐに来るよ。お前のことがもっと知りたくなった」

「あっ、ありがとう……?」

とにかく無事にプレゼントを渡せてほっとしつつ、いつまでも門の前で立ち話もよくないと思い、お兄様から離れる。

「また連絡するわ。気をつけて帰ってね」

「何か忘れてない？」

「えっ？　特に何か——はっ」

人差し指で自身の頬を指し示すお兄様が何を言わんとしているのかは、すぐに分かった。

「か、帰り際にキスをしていたのは、嘘《うそ》だったって……！」

「これからは本当にすればいいよ」

笑顔で顔を近づけてくるお兄様の圧に、押し負けそうになる。そもそも、これほどの美形のアップは心臓に悪すぎる。

その上「早く」「ほら」と急《せ》かされ、困ってしまう。

（こないだだってしたし、頬くらいなら……）

海外では頬へのキスだってスキンシップのひとつだし、ここで拒否して最後の最後で空気が悪くなることは避けたい。

そう自分に言い聞かせ、お兄様の肩に手を置いて爪先《つまさき》立ちをし、滑らかな肌にほんの少し唇を押し付けた時だった。

「——何をしているんですか」

背中越しに聞こえてきたのはギルバート様の声で、慌ててお兄様から離れようとする。けれどなぜかお兄様は私が離れないよう、ぐっと引き寄せた。

「ちょっ……！」

「どうして慌てるんだ？　兄妹水入らずのところに入ってきた間男はあいつの方だろう」

「ま、間男……」

それこそ水入らずの兄妹間で使う言葉ではないのではと思いながらも、まだ色々とバレていない今のところは傍《はた》から見れば仲の良い兄妹のはず。

ギルバート様は私だけでなく、昔からイルゼに激甘の兄なんて嫌いだろうし、さほど興味もないと思っていたのに。

（……え？）

お兄様の腕の中で振り返った先にいたギルバート様は、はっきりと分かるくらい不機嫌な顔で、こちらを睨《にら》んでいた。

どこからどう見ても、ギルバート様は怒っているようにしか見えない。どうしてだろうと不思議に思ったものの、すぐに原因に気付いてしまった。

（……嫌いな相手同士が仲睦《なかむつ》まじくしている様子なんて、見ているだけでも不愉快よね）

ギルバート様の機嫌を損ねても、良いことはないはず。そう思ってお兄様から離れようとしても、がっちりと腰に回されたお兄様の腕によって叶《かな》わない。

するとギルバート様は、さらに眉を寄せた。

「妻から離れろ」

「お前、誰に口を利いてるんだ？」

二人は一触即発という空気で、冷や汗が止まらなくなる。

何よりギルバート様が私以外の前で「妻」なんて呼ぶのも初めて聞き、内心驚いていた。

「お、お兄様！　ひとまず——ふぇ、くちゅん！」

「…………」

「…………」

なんとかここはお兄様に帰ってもらおうとしたところで、静かな場に私の間抜けなくしゃみが響いてしまう。

今すぐに走って逃げたいくらい顔に熱が集まっていくのを感じていると、ふっとお兄様が小さく笑ったのが分かった。

「ごめんね。かわいいお前の身体が冷えては困るし、今日のところは帰るよ。またね」

「……っ」

頬にキスをされ、驚きで心臓が跳ねる。もはや帰りだとか何の関係もなく、いきすぎたスキンシップでしかない。

実際は血縁関係もない、知り合ったばかりの美形にこんなことをされて、落ち着いていられるはずがなく。頬を押さえて慌てる私を見て、お兄様は満足げに唇で弧を描いた。

(本当に距離感、おかしくない……!?)

すると今度はお兄様と離れるのと同時に、舌打ちをしたギルバート様がこちらへ近づいてくる。

そして私の腕を掴むと、自分の方へ引き寄せた。

「ギ、ギルバート様……？」

「…………」

私はそもそも異性に耐性がないし、とにかくみんな距離感が近すぎるのをやめてほしい。

けれどここで突き放しては、より怒らせてしまうのは目に見えていて、大人しく固まっていた。

一方、お兄様は呆れたような表情を向けながらも、馬車に乗り込んでいく。その間ギルバート様は私の身体に腕を回したまま、じっとお兄様の姿を見つめていた。

（意外とちゃんと見送るつもりなのね）

先程は凍り付いてしまうかと思うほど、二人の間の温度は冷え切っていたけれど、憎い相手でも義兄が去るまではこの場にいることを選んだのだろうと思っていた、のに。

ガチャンと馬車の扉が閉まった途端、ギルバート様に頭を後ろから掴まれ、上を向かされる。

「ん、んっ……！」

直後、噛《か》み付くように唇を塞《ふさ》がれていた。突然のことに驚いて両手で彼の肩を押しても、力の差でびくともしない。

いつ人が通ってもおかしくない外であること、何よりもお兄様の乗った馬車だってまだ目の前にいることにより、羞恥でいっぱいになる。

（な、なんで……こんなところで……）

解放してくれる様子はなく、よりキスが深くなっていくことに、戸惑いを隠せない。

やがて御者の声と馬車が走り出した音が聞こえてきて、ふと気付いてしまう。

――ギルバート様は、ナイルお兄様に見せつけているのだということに。

（やっぱり、お兄様のことも嫌いなんだわ）

全てお兄様を苛立《いらだ》たせるための、嫌がらせに違いない。

口内を荒らされ、呼吸するだけで必死な中、走り出した馬車へと視線を向ける。

すると馬車の中からこちらを見つめるひどく冷ややかな目をしたお兄様の姿があって、私は目を背けるようにきつく瞳を閉じた。

「はあ、……はあっ……」

馬車が見えなくなり、ようやく解放された私は呼吸を整えながらギルバート様を睨んだ。

さすがにこんなの、嫌がらせにしてもたちが悪すぎる。

「……そんなに私やお兄様が嫌いなんですか」

「は」

「家族の前でこんな嫌がらせをするなんて……」

私の問いに対し、ギルバート様は短く嘲笑するだけ。

「家族、ですか」

「えっ？」

「あれが『妹』を見る目だと言うのなら、ぞっとする」

呆れたような表情を浮かべたギルバート様は私の腕を再び掴むと、屋敷に向かって歩いていく。

言葉の意味が理解できないまま、後をついていくだけで必死な私の姿を、すれ違う使用人達はみんな困惑した表情を浮かべながら見ていた。

「ま、待ってください……！」

「…………」

やがて辿《たど》り着いたのはギルバート様の部屋で、ソファの上に倒れ込むように押し付けられる。

そんな私を見下ろすギルバート様は、やっぱり苛立っているのが分かった。

「そもそも、あなたは自分の立場を理解しているんですか」

「立場って……」

「エンフィールド公爵夫人が男女も身内も問わず、どこでも誰にでも唇を許すような人間だと思われては困ります」

「そんなつもりじゃ……！」

シーラのことも言っているのだろうけど、あれは私だって予想外でどうしようもなかった。

「ああ、俺が散々あなたの要求を断っていたせいですか」

「違っ……っん、う……！」

嘲笑《あざわら》うように口角を上げたギルバート様に、ソファの上で押し倒されるような体勢のまま、再びキスをされる。

確かに元のイルゼはキスを強請《ねだ》っては断られていたらしいけれど、今の私にそんなつもりはないというのに。

「他所《よそ》でしたいと思えなくなるくらい、してあげますよ」

そんな言葉とともに何度も繰り返しキスをされ、色んな感情が溢れてきて、視界が滲《にじ》んでいく。

ギルバート様にとっては全て傷付けるための行為でしかないと思うと、より悲しくなった、のに。

「あなたは俺の妻でしょう」

「……え」

「二度と俺以外の人間に触れられないでください。どうしようもなく腹が立つので」

目元に浮かんだ涙を、ひどく優しい手つきで拭《ぬぐ》いながらそう言われ、ギルバート様のことがより分からなくなった。

いくら考えても、先程の言葉の意味は分からないまま。それでいて私が抵抗しても力の差で無意味だと察し、終わりの見えないキスを受け止めることに必死になる。

やがて繰り返すうちにギルバート様の手がするりとドレスのスカートの下に滑り込んできて、慌てて声を上げた。

「ま、待ってください！　何をする気ですか……!?」

「わざわざ言わせたいんですか」

「違います！　そ、そうじゃなくて、お風呂にも入っていないですし……」

あと一回、近いうちにノルマをこなさなければいけないのは分かっている。

けれどあまりにも突然で、全く心の準備ができていなかったため、精一杯の抵抗をした。

するとギルバート様は目を瞬いた後、「そんなことを気にしていたんですか」と小さく笑う。

「当たり前です、ギルバート様だって嫌でしょう」

「いえ、別に。むしろあなたが恥ずかしがって泣く姿を見られそうなので、良いかもしれませんね」

「し、信じられない……！」

もうとことん私を虐《いじ》めることに重きを置いている姿に引いていると、ギルバート様は私に触れていた手を離した。

「では、次はあなたの方から誘ってください」

「えっ」

「残り一回のせいで、少し調子が悪いんです」

ギルバート様はそう言って立ち上がり、息を吐く。

「俺からは絶対に誘いませんので」

笑顔ではっきりと告げられ、ここまで言い切られた以上、ギルバート様の方から来ないのは間違いなさそうだった。

義務といえども私から誘うなんて、恥ずかしすぎてできる気がせず、冷や汗が止まらなくなる。

かと言って今この場で、というのもさすがに無理だった。

ギルバート様だってそれを十分理解した上で、私が困るのを楽しむために言っているに違いない。

タイミングだって分からないし、そもそも私達の関係は普通とは違うのだから、誘い文句だって見つかりそうにない。

「そのまま、俺のことだけ考えていてくださいね」

ぐるぐると必死に考える私を見て、ギルバート様はふっと口角を上げる。そんな彼はもはや私を苦しめるプロなんじゃないかと、本気で思った。

心身ともに疲れ切ってふらふらと自室へ戻った私は、そのままベッドに倒れ込んだ。帰ってきてからするつもりだった勉強だって、すぐにはやる気が起きなかった。

「はあ……」

「ずいぶん旦那《だんな》様と、熱い時間を過ごしたようですね」

「や、やっぱりみんな知ってるの……？」

「はい、もちろん」

門の前での行為は既に、主人の帰宅を待ち構える使用人達の知るところとなったらしい。もう誰にも会いたくないと、私は枕に顔を埋《うず》めて声にならない悲鳴を上げた。

次にお兄様に会うのも、恐ろしくてたまらない。そもそも妹に向ける目じゃないという、ギルバート様の言葉の意味も分からないまま。

(私と元のイルゼが別人だと知っているから、他人に向けるような目をしていたってこと……？)

無茶振りに必死になっていて、お兄様がどんな顔をしていたのか、あまり記憶になかった。

「そもそも、ただのお兄様と私への嫌がらせなのに」

「……ナイル様もですか？」

「ええ。そもそもナイルお兄様が私にキスをさせたり、したりするから不快に思ったギルバート様があんなことを……」

私としては巻き込まれ事故でしかなく、深い溜め息をついていると、リタが俯《うつむ》いて黙り込んでいることに気が付く。

「リタ？」

「……そう、なんですね」

リタの声はやけに低くて、どうしたんだろうと思っていると、いつも通りの笑顔を返された。

気のせいだったのかなと首を傾げつつ、ギルバート様への次のノルマのお誘いもどうしたら良いのだろうと、頭を抱えたのだった。

◆◆◆

帰宅してすぐに執務室に向かうはずが、だいぶ遠回りをしてしまったと、自嘲するような笑みがこぼれる。

先程の行動全てが自分らしくないという、自覚はあった。

「……本当に、調子が狂うな」

彼女の感情が自分以外に揺さぶられていることに、どうしようもなく苛立ってしまう。自分以外に笑いかけている姿や触れられている姿にも、腹が立って仕方なかった。

（俺にはいつも、戸惑った顔しかしないというのに）

そうさせているのは俺自身だと分かっていても、彼女を責めたくなるのは、この感情を認めたくないからだろう。

椅子に腰掛けたところで、すぐにモーリスがやってきた。

「ギルバート様、ご報告があります」

モーリスの表情はひどく強張《こわば》っていて、よくない知らせであることは明白だった。

書類の束を受け取り、目を通す。

どうやら以前から頼んでいた、イルゼに関する調査報告書らしい。大方、過去の彼女のどうしようもない悪事が明らかになったのだろうと考えていた俺は、とある一文で目を留めた。

「……嘘だろう」

そこにはイルゼ・エンフィールドはゴドルフィン公爵夫妻と血縁関係がなく、平民の生まれだと綴《つづ》られていたからだ。

とても信じられない話に、目眩《めまい》さえしてくる。公爵家の人間が入れ替えられるなんて馬鹿馬鹿しい話など絶対にありえない、あってはならないことだった。

そんな事態を許し、気付かないまま平民を娘として育てていたゴドルフィン公爵家だけでなく、妻として迎えたエンフィールド公爵家も嘲笑の的になるはず。

何より傲慢で誰よりも貴族らしい人間だったイルゼが平民だなんて、信じられるはずがなかった。

「何かの間違いじゃないのか」

しかしモーリスは怒りを隠せない様子で「間違いありません」と言い、固く拳《こぶし》を握りしめている。

「我が国の法律に則《のっと》れば、平民の身で旦那様を脅すなど死罪に値しますよ。どうされますか」

「…………」

「制約魔法は相手が命を落とした場合、無効になります。あと五ヶ月間も続く忌まわしい呪いから解放されるためにも、殺すべきでしょう」

モーリスの言うことは正しい。全てが事実なのであれば、イルゼによる過去の俺への許しがたい行為は極刑にされてもおかしくはないほどのものだった。

何より最も苦しめられていた制約魔法から解放されるためにも、やはり正しい選択と言える。

「旦那様、ご決断を」

「……分かっている」

モーリスは最近のイルゼを評価していたこともあり、本当は彼女を殺すことに躊躇《ためら》いもあるはず。

それでも俺のためを思い、強く言ってくれているということも分かっている。

(二ヶ月前の俺なら、生まれや悪事を表沙汰《おもてざた》にして全てを奪った末、迷わず殺していただろうな)

だが、今はすぐにモーリスの意見を受け入れられそうにはなかった。彼女が変わり始めているという事実から、いい加減目を逸《そ》らせなくなっている。

「……この件に関しては俺が対応する。お前は忘れてくれ」

今すぐに決断を下す必要はないと自身に言い訳をしながら、きつく拳を握りしめた。

◇違和感の始まり

ナイルお兄様と出かけてから、もう二週間が経《た》つ。

朝食をとるために食堂へ向かう途中で、私は側《そば》を歩くリタに声をかけた。

「……確か今日も、午前中からナイルお兄様が来るのよね」

「はい。そのようにお約束されていたかと」

「はあ……」

確かに「またすぐに来る」と言っていたけれど、三日に一回のペースで会いにくるなんて、誰が想像できただろうか。

我が家でのんびりお茶をしたり、街中へ出かけたり一緒に実家へ行ったり。お兄様はとても良くしてくれているし、私を楽しませようともしてくれている。

それでも、気は重くなるばかりだった。

(……どんなに仲良くしていたって、いずれ突き放されることは決まっているもの)

今は可愛《かわい》がってくれていても、いずれ平民の血が流れていると知れば、二度と口をきこうともしなくなるだろう。

距離が縮まれば縮まるほど、異常な一面はあっても優しさがあることを知るほど、絶対にやってくるその時がより辛《つら》くなってしまう。そう思うと、心から楽しむことができずにいた。

今日こそはもう少し頻度を減らすよう言おうと決意したところで、ギルバート様に出会《でくわ》した。

「おはようございます、ギルバート様」

「……はい」

顔を逸《そ》らされた後、適当な返事をされる。ギルバート様はそのまま去っていき、あっという間に姿が見えなくなった。

（……もう嫌がらせにも飽きたのかしら）

実は二週間前、お兄様と出かけた翌日からずっと、この調子だった。

あの日は「自分のことだけ考えていろ」なんて言っていたくせに、やけに素《そ》っ気《け》ない。顔を合わせる頻度も減った上に、遭遇しても最低限の会話のみ。

放っておいてほしいこちらとしては好都合だけれど、ほんの少しだけもやもやしてしまう。

「朝食をとった後はどうされますか？」

「そうね……お兄様が来るまでは勉強をして過ごすわ」

あの日の夜、ギルバート様の側近のモーリスが部屋を訪ねてきて「明日以降、しばらく屋敷内の仕事はしないでほしい」と言われてしまった。

何かミスをした記憶はないし、身体《からだ》を休めるよう気を遣ってくれているのだろうか。

（でも、妙に深刻な顔をしていたのよね）

ギルバート様の態度がいきなり変わったことにも、関係している可能性がある。

（まさか何かイルゼの過去の大きな悪事がバレたとか……？　余裕でありえるわ……）

気がかりだったけれど、尋ねたところで私を嫌っている彼らが教えてくれるはずもない。とりあえず言われた通りに大人《おとな》しくしておこうと思う。

難病の子ども達の治療も無事に終えたし、制約魔法の件を除けば、急ぎの用事はないのだから。

「……はあ」

朝食を終えて部屋に戻り、離婚後のためにこの国についての本を読んでいても、なかなか集中できずにいた。

（……ギルバート様、大丈夫なのかしら）

結局、前回の制約魔法のノルマを一度しかこなしていないまま。

今朝も顔色が悪いように見えたし、心配になる。

次は私から誘うよう言われていたけれど、あからさまに避けられているこの状況で「抱いてください！」と言い出すことなんてできそうになかった。

「シーラのことも、どうすればいいのか分からないし……」

彼女の矢印が私へ向きすぎている今、ただギルバート様と引き会わせるだけでは恋に落ちることはないだろう。

私を嫌うように仕向けるのも一つの手だけれど、そうなると断罪の際に助けてくれる人が誰もいなくなってしまう。

どんどん問題は複雑化しており、頭が痛くなってきた。

「奥様、ナイル様がいらっしゃいました」

そうしているうちに、ナイルお兄様の来訪を告げられる。部屋に通すようリタに言うと、すぐにお兄様がやってきた。

「やあイルゼ、会いたかったよ。今日はゆるく髪をまとめているんだね、かわいいな」

「あ、ありがとう……」

もはや当たり前になっているハグや頬のキスにも、未《いま》だに慣れることはない。高価そうな派手なアクセサリーをたくさん身につけ、ギラギラと輝くお兄様は私の隣に座った。

お兄様が来ている間はリタのみ部屋に残ってもらっていて、すぐにお茶の準備をしてくれる。度を超した兄妹間のスキンシップや、お兄様がよく言うギルバート様の悪口などを報告されては困るため、他のメイドには退室してもらっていた。

（それに最近、距離がまたさらに近くなったし……）

今だってぴったりと隣に座り、私の腰にしっかりと腕を回している。色気と眩《まぶ》しさに溢《あふ》れたお兄様が、話すたびにいちいち顔を近づけてくるのも落ち着かない。

とにかく今日こそは頻度を減らすよう言わなければと、私はきつく両手を握りしめた。

「ねえお兄様、こんなにも会いに来てくれるのは嬉しいんだけど、お兄様も忙しいだろうし……」

「そのことなら心配ないよ。全《すべ》て上手《うま》くやってあるから」

さらっと笑顔で言葉を遮られたものの、負けじと続ける。

「で、でも、最近は第二王子殿下からのお願いで、お兄様の世代の方々の集まりをするって……！」

この間カフェでお茶をした際、第二王子から人を集めるようお願いをされたと聞いた。

現在は第一王子の勢力が最も強いというのは、国のことを学ぶ上で知っていた。そんな中で第二王子派に付くような動きをするのは、かなりリスクのある行為だろう。

だからこそ、人を集めるのは大変で時間がかかるだろうと思っていたのに。

「それはもう大丈夫だよ。第一王子派からも結構引き抜いてきたせいで、予想以上の人数になって困っているくらいで」

「えっ……」

お兄様は大したことのないように言っているけれど、間違いなく簡単にできることではない。

その影響力や人を動かす能力は、私が想像しているよりもずっと強大なのだろう。

――お兄様の異常なほどのカリスマ性、人を惹《ひ》きつける力についてはずっと感じていたことだった。

(私だって、なんだかんだ絆《ほだ》されてしまっているもの)

血統に執着する異常性だって知っているし、首を絞められて脅されたというのに、こうして一緒に過ごしているなんて冷静に考えるとおかしい。

私もとっくにナイル・ゴドルフィンという人に、歪《ゆが》められているのかもしれない。

「今のお前と一緒にいるのは楽しいんだよね。これが『癒《いや》される』ってことなのかな」

先日、お兄様は私の「素直さ」「真面目《まじめ》さ」「純粋さ」を気に入っているのだと言っていた。

私以外にもそんな性格の人はいくらでもいそうだけれど、お兄様が関わる上位貴族の人達となると違うのだろうか。

（けれど、そんなことくらいで癒されるなんて……）

よほど人を簡単には信用できない環境にいるのだと思うと、少しだけ胸が痛んだ。

「でも、今の三日に一度が限界だしな」

お兄様は少し悩んだ末「そうだ」と明るい笑みを浮かべた。

「離婚したら、二人で暮らそうか」

「えっ……ゲホッ、ゴホッ」

とんでもない提案に口に含んだばかりの紅茶を吐き出しそうになり、咳《せ》き込んでしまう。

手に持っていたティーカップを吹っ飛ばさなかっただけ、誰か褒めてほしい。

「優しいお前は制約魔法のことを気にしているんだろう？　あと四ヶ月弱で解けるんだし、裁判を起こして必ず成立させてやるからさ。最近ちょうど裁判官も一人、掌握したんだ」

笑顔でとんでもないことを言ってのけるお兄様は、どうやら本気らしい。

とはいえ、離婚裁判についてはぜひお願いしたかった。制約魔法の期間が過ぎても、ギルバート様が復讐《ふくしゅう》のために私を解放してくれなければ、いつまでも離婚は成立しない。

当初は離婚届を置いて逃げることも考えていたものの、治癒《ちゆ》魔法を使って多くの人を治療して生きていくのなら、身を隠すことなんて不可能なはず。

黙り込む私を見て、お兄様は形の良い眉を寄せた。

「……お前は俺と暮らすの、嫌なわけ？」

「ま、まさか！　でもナイルお兄様もこの先、結婚だってするでしょうし……いずれ一人になってしまうなら、最初から一人の方が寂しくないかなって……」

小説のストーリーとかけ離れてしまっている以上、いつ何が起こるか分からない。

いつ生まれのことがバレるか分からない中で、二人きりで暮らすなんて心臓に悪すぎる。

愛と憎しみは紙一重と言うし、本来のイルゼよりも気に入られている今バレてしまえば、裏切られたような気持ちが強くなって、殺されてしまうのではないかとすら思う。

（なんとか誤魔化《ごまか》しつつ、断らないと……！）

かと言って、正直に理由を言えるはずもなく、下手《へた》に断ってお兄様を怒らせるのも怖い。

「なんだ、そんなことを気にしていたのか。イルゼは本当にかわいいな。いずれ家のために結婚はするだろうけど、形だけのものだから妻なんて放っておくし大丈夫だよ」

「えっ……あっ、そう……」

けれどお兄様には遠回しの拒否は伝わらない上に、またもやとんでもない発言が飛び出した。むしろ好感度が上がってしまったようで、大失敗にも程がある。

「俺にとってはお前が一番大切だからね」

お兄様は私の頭を撫《な》でながら、柔らかく目を細める。

その笑顔も声音も、何もかもがあまりにも優しいから。

（……本当に「自分」が好かれているのかもって、バカな勘違いをしてしまいそう）

けれど、お兄様にとっては「尊い血が流れる妹」という大前提があるからだ。

元々お兄様に冷たく当たっていたらしいイルゼですら可愛がっていたことを考えると、あれよりはずっとまともであろう私がかわいく見えるのも納得ではあった。

「お前との愛の巣を用意しておくから」

「あ、愛の巣……」

どう考えても兄妹間で使う言葉ではない。結局、それから二時間ほど他愛《たわい》のない話をして、この後大事な用事があるというお兄様は帰り支度を始めた。

「次は来週の始めに来るよ。裁判のことも調べておく」

「本当にありがとう」

「ああ」

何度も音を立てて頬や手にキスをされ、再び目眩《めまい》がしながらもなんとか見送る。

ふらふらと部屋へ戻る中、私はずっと側にいてくれていたリタに声をかけた。

「ごめんね、リタ。その、変なものを見せてしまって」

「……いえ」

リタの表情も声も少し暗くて、内心は引いているのかもしれない。大人《おとな》の兄妹でこんなにもベタベタしたり、二人で暮らそうなんて話をしたりするのは異常すぎる。

お兄様の来訪頻度について物申すどころか同棲話まで出てきて、状況は悪化してしまっていた。

「午後からはどうしようかしら……」

「本日、ドレスが完成したとマダム・リコから連絡があったんです。これから取りに行こうと思っていますが、奥様も街中で息抜きなどいかがですか？」

「そうなの？　私も気分転換に一緒に行こうかしら」

マダム・リコは国一番のドレスデザイナーで、三年待ちなんて言われているほどの人気だというのは私でも知っていた。

どうやらかなり前に元のイルゼが依頼したものが完成したらしい。きっと黒や赤で露出の多いド派手なドレスに違いないけれど、高価なものだろうから何度かは着ようと決意した。

「ちなみに以前の奥様は態度が悪すぎてマダム・リコにあまり好かれていなかったので、顔を合わせない方がいいと思います。近くのカフェなどでお待ちいただくのがいいかと」

「………………そうするわ」

本当にイルゼはどこでも嫌われ者で、げんなりしてくる。

リタのお言葉に甘えて、私はカフェで美味《おい》しいものでも食べようと決意したのだった。


馬車に揺られて街中に到着した後、ドレスを取りに行ったリタと別れ、カフェを探す。

そんな私の周りを囲うように、大勢の騎士がぞろぞろと歩いていた。

（……素っ気ないくせに、こういうところはちゃんとするのね）

私が出かけると知ったらしいギルバート様がつけてくれた護衛達は、公爵家の騎士の中でもトップクラスの腕だそうだ。

「申し訳ありません、現在満席でして……」

「空き次第のご案内になってしまいます」

そうしてリタと別れた場所から一番、二番に近いカフェに行ったところ、続けて満席だった。

特に街中やこの辺りが混んでいる印象はなかったため、不思議で仕方ない。

よほど運が悪かったのだろう。

「今日って何かあるのかしら？　やけに混んでいるわね」

「こんなことは滅多にないのですが……ああ、確実に空いている店がありますよ」

そんな中、護衛の一人が教えてくれたのは、上位貴族ばかりが利用するという高級なお店だった。

ここから近いそうで外で待つのも落ち着かないため、行ってみることにした。

大通りから少し離れた路地裏にあり、隠れた名店という感じの雰囲気がある。

「ようこそいらっしゃいました。こちらのお席へどうぞ」

「ありがとう」

元のイルゼもたまにこのお店を利用していたそうで、嫌われ者のイルゼの知り合いがいても面倒なことになると思い、帽子を深く被《かぶ》って入店した。

すんなりと案内された店内は聞いていた通り空いていて、私達ともう二組しかいない。

奥の方には、貴族らしい男女二人組の姿がある。その近くのボックス席では同じく貴族らしい男性達と、簡素な平民服を着た男性達の五人組の集団があった。

（……なんだか不思議な集まりね）

高級な店内で平民服は浮いており、彼らはやけに真剣な表情で何かを話し合っている。少し気になったものの、あまり見ては失礼だろうとメニューへ視線を移した。

「お、美味しい……！」

やがて運ばれてきたお茶もケーキもとても美味しくて、感動してしまう。全て高価なだけあり、リタも合流したら一緒に食べようと誘おう、なんて思っていた時だった。

「お客様、一体何をされて――」

「――」

何か揉《も》めているような声が聞こえてきて、ケーキを食べていた手を止める。どうしたんだろうと目を向けたところ、入り口近くで店員の女性と、男性客が揉めているらしい。

男性客は女性と二人で来ていた若い貴族で、出入り口に向かって、何かを呟《つぶや》きながら片手をかざしている。その手は青白く光っており、何らかの魔法を使っているようだった。

「僕が少し様子を見てきます」

「え、ええ。お願い」

嫌な予感がしたのは私だけではないらしく、護衛の騎士の一人が男性の方へ向かっていく。そして彼が声をかけようとしたのと同時に店内が一瞬、眩《まばゆ》い光で包まれた。

「結界……？　なぜこんな真似《まね》をした！」

「何だお前らは！　邪魔をするな！」

男性客は店の周りに結界を張ったらしく、光の壁のようなものが辺り一面に広がった。騎士達の拳《こぶし》や剣も弾《はじ》かれており、別の騎士達も魔法を使って加勢するも、びくともしていない。

「はっ、何をしても無駄だ。魔道具も仕込んで数日かけて準備したものだからな、そう簡単に逃げられやしないさ」

既に男性は取り押さえられているものの、勝ち誇ったような薄ら笑いを浮かべるだけ。どうやら私達は店内に閉じ込められたらしく、心臓が嫌な音を立てていく。

(どうして、そんなこと……)

危険を察知した騎士達は剣を抜き、戸惑う私を守るように囲んでくれる。

不安が大きくなっていく中、店の奥から五人組の男性客の声が聞こえてきた。

「ゲホッ……おい、大丈夫か⁉」

「うっ……」

「この煙……毒だ！　逃げろ！　ゴホッ……」

そんな声がして振り返れば、紫色の煙がぶわっと店内に広がっていくのが見えた。甘ったるい臭いが鼻をつき、咄嗟《とっさ》に口元を手で覆う。

すでに男性客五人のうち、二人はぐったりして動かなくなっている。その光景を見て、一気に血の気が引いた。

「奥様！　なるべく呼吸をしないように、ぐっ……！」

ハンカチを取り出して口にあてたものの、こんな対処では限界がある。護衛の騎士達がどれほど強くても、毒煙から守ることなどできるはずもなかった。

既に毒が身体に回り始めているのか、目眩がしてくる。

とにかくここから出なくてはと出入り口へ目を向けるも、騎士達は今もなお、結界を破ろうと必死に攻撃を放っていた。

「申し訳、ありません……まだ時間がかかりそうです……！」

彼らだって毒に蝕《むしば》まれ始めているだろうし、いつまで持つか分からない。焦燥感で頭が真っ白になっていく。

「ははっ、死ね！　お前らのような愚かな人間がいるから、この国は衰退していくんだよ！」

「貴様ら……例の組織の人間か……」

床に取り押さえられたままの結界を張った男性に対し、苦しむ男性客の一人が「組織」という言葉を口にした。

（まさか、あの爆発事件を起こした犯人の一味なの……？）

やがてコツコツとヒールの音を響かせてこちらへ近づいてきた女性客は、私達の前で足を止めた。

取り押さえられている男性と同様に彼女も毒の影響を受けていないようで、解毒剤を飲んでいたに違いない。

「あら、お嬢様と騎士達は不運だったわね。今日この場所に来たのが運の尽きかしら？　もちろん解毒剤はないから、ここで奴らと一緒に死んでちょうだい」

楽しげに笑う彼女らの目的は奥にいた男性客達を殺すことらしく、私達は巻き込まれただけのようだった。

とはいえ「不運」なんて言葉で片付けられて、ここで死ぬわけにはいかない。

(どうしよう、どうすれば……)

だんだんとぼうっとしていく頭で、必死に考える。

そして先日、治癒魔法について学んだ際、毒に対しても効果があることを思い出していた。

「……っ」

両手を前に出した私は一《いち》か八《ばち》か、治癒魔法をこの空間いっぱいに向かって放った。一度に大勢に対して魔法を使ったことなんてないし、そもそも可能なのかも分からない。

けれど一人ずつ対処していては、間違いなく死人が出る。

それに毒煙が充満しているこの状況では、一度浄化したところでまた同じことの繰り返しであることを考えると、もうこれしか方法はなかった。

(良かった、効いてる……!)

とにかく必死に魔力を放ち、少しだけ身体が楽になったのを感じる。近くにいた騎士達の顔色も良くなっていて、どうやら効果はあるようだった。

それでも現状維持以下なのも理解していて、かなりの勢いで魔力が減るのを感じていた。

——本来なら「この空間にいる人」に対して、治癒魔法を使うべきなのだろう。

けれど魔法を習ったわけでもない、正しい使い方もよく分かっていない私は「カフェの広い店内全て」に魔力を放つことしかできない。間違いなく効率としては最悪だった。

私の魔力が切れる前に結界を破って脱出できなければ、全員が命を落とすことになると思うと、どうしようもなく怖くなって背中に嫌な汗が伝っていく。

「何よ、この女……！　邪魔をしないで！」

「……奥様に、触れるな……！」

私が毒を浄化していることに気付いた女性はこちらへ向かってきたものの、戦闘能力はないのか毒で弱りつつある騎士に押さえつけられていた。

（……なんだか、こんな目に遭ってばかりだわ……）

必死に治癒魔法を使いながら、この世界で私はとことん理不尽な目に遭う運命なのかもしれないと自嘲する。

毒に蝕まれつつ魔力を使っているせいか、苦しくて辛くて仕方ない。

立っているのも辛くなり、膝をつく。

（……また妙な事件に巻き込まれて、ギルバート様が知ったら呆《あき》れるでしょうね）

意識が朦朧《もうろう》としていく中、思い浮かぶのはなぜかギルバート様のことで。

けれど呆れながらも、きっと優しい彼はなんだかんだ心配してくれる気がした。

「奥様……申し訳ありません、私達のことは、もう……！　どうか、ご自分のことだけを……」

騎士達も、私がかなりの無理をしていることに気が付いたのだろう。けれど見捨てるなんて、できるはずがなかった。

過去のイルゼに酷《ひど》い態度を取られていただろうし、彼らの主人であるギルバート様に対する所業だって知っているはず。

それでも彼らはずっと、私を守ろうとしてくれた。

「っ奥様……あと、少しです……！」

毒に耐えながら、騎士達は懸命に結界への攻撃を続けてくれており、光の壁に亀裂が入っているのが見える。

（どうか、もう少しだけ持って……！）

爆発事件が起きた際に治療をして回った際、吐血した時の感覚に近いものを感じた。魔力切れを起こす寸前なのか、お腹《なか》の奥がどうしようもなく熱くて痛くて苦しい。

それでも耐え続けていた末に、やがてパンッと何かが弾《はじ》けるような大きな音がした。同時に店のドアが開け放たれる。

誰かが風魔法を使ったのか、ぶわっと煙が外へ流れて店内の毒煙が薄まっていく。カフェの辺りは人通りが少なく、周りを巻き込まないであろうことだけが救いだった。

「はあっ……はあ……」

既に騎士達にも浄化しきれなかった毒が身体に回っているようで、その場で膝をついている。

彼らも本当にもう、限界だったのだろう。

私も痛いくらいの動悸《どうき》が止まらず指先まで痺《しび》れて、目も霞《かす》んでいた。

「クソ！　この女、よくも邪魔を……っ！　殺してやる！」

「奥様……！」

そんな中、騎士達の拘束から逃れた犯人達が、怒りに満ちた形相《ぎょうそう》で近づいてくる。

その手には短剣が握られており、騎士達も手を伸ばしてくれているけれど、届きそうにない。

「はっ、残念だったわね」

邪魔をした腹立たしい女の顔を最後に見てやろうと思ったのか、白い手が伸びてきて荒々しく帽子を奪われる。

私自身も抵抗する力は残っておらず、もう本当に駄目だろうと思った時だった。


「――イルゼ、様？」


なぜか私の顔を見た途端、犯人の二人は信じられないという顔をして固まった。

振りかざされていた男性のナイフを握る手が、ゆっくりと下ろされる。

「どうして、あなたが……そんな……」

はっきりと動揺した様子を見せる二人は、どうやら私のことを知っているらしい。

悪女で公爵家の人間であるイルゼ・エンフィールドは良くない意味で有名だろうから、貴族らしい彼らなら私が周りを救おうとした姿を見て驚くのも不思議ではない。

けれど、とてもそれだけだとは思えないような反応に、妙な胸騒ぎがする。やがて女性は、私の肩をきつく掴《つか》んだ。

「なぜ……なぜあなたが私達を……っ！　あの方を裏切ったのですか！　よりによってあなたが！」

「――え」

裏切るという言葉に、今度は私が固まる番だった。

彼女の言う「あの方」というのは誰なのか、なぜそんなにも取り乱しているのか分からない。

けれど、だって、そんなの。

（……まるで私が、彼女達の仲間みたいじゃない）

心臓が嫌な大きな音を立てていく。

それでも、その疑問はとても口には出せなかった。

真実だった時、取り返しがつかないことになってしまうからだ。

「ねえ、あの薬を出して。余裕があれば殺す前に情報を引き出せって、渡されていたわよね？」

「もう失敗した以上、逃げた方がいい。こんな状況でもイルゼ様に何かあれば……」

「いいから早く出しなさいよ！　こんなこと、許されるはずがないもの！」

「……俺はもう知らないからな」

怒鳴る女性に従い、男性は仕方なしという様子で鞄《かばん》から水色の液体が入った瓶を取り出す。

女性は引ったくるように奪い取ると瓶の蓋を外し、私の口元にあてがった。

「飲んでください。裏切っていないって、これも何か理由があるんだって証明してくれますよね？」

「……っ」

明らかに普通ではない様子の彼女が浮かべる不気味な笑みに、ぞくりと鳥肌が立つ。

こんな訳の分からないものを飲むわけにはいかないと、身体が動かない中で必死に抵抗する。

けれど結局、鼻を摘《つま》まれ、無理やり液体を流し込まれた。

「ゲホッ、うっ……ゴホッ……」

「飲ませすぎちゃったけれど、大丈夫よね」

これまで飲んだことのない消毒液のような妙な味がして、吐き気が込み上げてくる。女性の様子を見る限り命を奪うようなものではなさそうだけれど、恐ろしくて仕方ない。

「これが何の薬なのか気になりますか？」

だんだんと目の焦点が合わなくなり、頭がぼんやりしてくる。私の名前を呼ぶ騎士達の声も、どこか遠くに聞こえた。

やがて、薬が効いてきたようですね、と女性が口角を上げる。

「――あなたが今飲んだのは、自白剤ですよ」

そしてその声を最後に、私の意識はぷつりと途切れた。

◇告白

「――イルゼや護衛の騎士達が毒を浴びただと？」

外での用事を終えて帰宅し、馬車を降りた途端にモーリスから受けた報告がそれだった。

「はい。奥様や騎士達は治療を終え、屋敷へ運ばれたそうです」

詳しく話を聞いたところ、既に医者によって治療を受けたようで、命に別状はないという。

ただ騎士達は意識があるものの、イルゼだけは別らしい。

「毒を浴びた後、自白剤を飲ませられたそうです。規定の量を超えた薬を摂取した結果、意識が混濁しているようで……」

なぜドレスを取りに街中へ行っただけで、そんな事件に巻き込まれるのだろうか。

すぐに彼女の部屋へ向かおうとしたものの、強い立ちくらみがして思わず机に手をつく。

「旦那《だんな》様！」

「……大丈夫だ」

そうは言ったものの最近の体調は最悪で、限界が近づいていることも分かっていた。

イルゼの出生について知り、色々な整理がついていない状態で彼女を抱く気にはなれず、制約魔法によって身体《からだ》が蝕《むしば》まれ続けている。

これまではどんな状況でも命のためだと割り切れていたというのに、本当に自分らしくない。

目眩《めまい》が落ち着いたところでイルゼの部屋に向かうと、医者と涙するイルゼの侍女、悲痛な表情を浮かべる騎士、そしてベッドの上に横たわるイルゼの姿があった。

彼女の目は虚《うつ》ろで、天井へ向けられているアイスブルーの瞳に光はない。

「……ふざけたことを」

とはいえ身体に害のある毒などではなく、少しの安堵《あんど》を覚えたのも事実だった。医者によると今しがた打った自白剤の解毒薬により、あと三十分ほどで効果は切れるはずだという。

「申し訳ありません……我々がついていながら……」

それから騎士から事情を聞いた結果、不運にも事件に巻き込まれたことが分かった。

犯人は逃走し、現在は騎士団が捜索にあたっているという。

「奥様はご自身も毒に冒されながら、我々や無関係の人々を救おうと手を尽くしてくださり……」

「……そうか」

騎士達が自分達を見捨てて自身の治療のみをするよう言っても、イルゼは頑《かたく》なにその選択をしなかったという。彼女がいなければ、間違いなく全員が命を落としていたそうだ。

人間というのは簡単には変わらないし、変われない。

そう分かっていても今のイルゼは改心したのだと、もう認めざるを得なくなっていた。

俺の側《そば》で騎士の話を聞き、俯《うつむ》いていたモーリスも同じ気持ちだろう。

「なぜ犯人らは無関係のイルゼに自白剤を飲ませたんだ？」

「……分かりません」

少しの間があった後、騎士はそう答えた。

犯人の目的は、五人組の男性客だと聞いている。その場にいた人々を救おうとしたイルゼを邪魔だと殺そうとするのなら理解できても、自白剤を飲ませる理由が分からなかった。

「私が……奥様に街中へ行こう、なんて言わなければ……っ」

別行動をしていた侍女は責任を感じているようで、涙を流し続けている。

君のせいじゃないとだけ声をかけ、医者や騎士らと退室するよう指示をした。

やがて部屋には俺とモーリス、そしてイルゼだけになる。

「俺の声は聞こえていますか」

「……はい」

声をかけると天井を見つめたままのイルゼから、抑揚のない返事をされた。過去に自白剤を飲まされた人間を見たことがあり、今の彼女と全《まった》く同じ反応だった。

今もかなり薬が効いている状態のようで、いつもの百面相のような豊かな表情はなく、胸が痛んだ。

「自分の名前は分かりますか」

医者は問題ないと言っていたものの本当に大丈夫なのか気がかりで、再び声をかける。

「はい。……私の名前は――です」

そうして紡《つむ》がれたのは、聞いたこともない名前だった。

何かの間違いだろうともう一度尋ねても、やはり同じ答えが返ってくる。

言いようのない違和感、恐怖心のようなものが広がり、心臓が嫌な音を立てていく。

気が付けば俺は、さらに問いを投げかけていた。

「あなたのことを教えてくれませんか」

「私は――県生まれで、ずっと両親と三人暮らしでした。幼い頃は祖父母の元でも――……」

それから彼女は、淡々と自身の人生を語り続けた。

生まれや家族のことから始まり、これまでどんな風に生きてきたのかを。

だが、イルゼ・エンフィールドとはまるで別人の人生、聞いたことのない言葉ばかりで、俺だけでなく側で聞いていたモーリスも、動揺しているようだった。

「なぜ、こんなことを……」

イルゼが飲まされた自白剤の効果は強力なもので、国でも禁止されている。

何より今の彼女を見る限り、嘘《うそ》や冗談を言えるような状態ではないのは間違いない。

ならば今彼女が話しているのは、一体何だというのだろう。

（……まさか）

そしてふと脳裏を過《よぎ》ったのは過去、何度か考えては打ち消してきたひとつの仮説だった。

馬鹿《ばか》らしい、ありえないと分かっていても、それ以外に彼女の言動の説明がつきそうにない。

それから少し悩んだ末に、俺は口を開いた。

「……あなたは、イルゼ・エンフィールドではないのですか」


こんな問いを投げかけるなんて、どうかしているという自覚はある。

それでも彼女の返答を待つ間、心臓は早鐘を打っていく。

だが、ぼんやりと天井を眺めたままの彼女が発したのは「はい」という、肯定の言葉だった。

◆◆◆

医者には目が覚めるまで側にいるよう言い、俺とモーリスは執務室へ戻ってきていた。

一度、彼女と離れて冷静になりたかったからだ。

「……やはり彼女は、イルゼとは別人なのか」

くしゃりと前髪を握りしめ、自嘲する。

理由や仕組みは分からない。だが、生まれも育ちも俺やイルゼとは全く違う人間が、イルゼという人間の中にいるとしか思えなかった。

——これまでも、違和感は数えきれないほどあった。

突然、性格が真逆のように変わったこと。

あれほど執着していた俺への好意が消え失せ、むしろ嫌がる様子を見せていたこと。

自身の治癒《ちゆ》魔法は「絶対に安売りしない」と言っていたのに、あれほど嫌悪していた平民に対しても無償で救っていたこと。

それらは「中身が別人だった」とすれば、全《すべ》て納得できてしまう。

『あなたと離婚をしたいと思っています』

『もうギルバート様のことが好きじゃなくなったからです』

『なので私のことはこれまで通り、放っておいてもらえたらと』

そして彼女が離婚を望み、俺を避けるという選択をするのは至極当然だった。

イルゼ・エンフィールドという悪女の身体に入ったせいで、何の罪もない──むしろ誰よりも優しくて誠実であろう彼女は理不尽な扱いをされ、悪意を向けられ続けていたのだから。

そして、そんな彼女を一番傷付けてきたのは俺だった。

（……彼女から見た俺は、どれほど最低な男なんだろうな）

様子がおかしくなったのは、廊下で意識を失った直後からだ。

あの日からの彼女に対する自分の行動を思い返すと、吐き気さえした。

『用がないのなら、俺に話しかけないでください』

『望まない相手に触れられるのがどんな気持ちか、あなたに教えてあげようと思いまして』

元のイルゼは俺の気を引くため、数多《あまた》の嘘をついていたし、この世に「他者と身体を入れ替える魔法」など存在しない以上、ある日いきなり中身が別人になるなんて想像できるはずなどなかった。

だが、そんな言い訳をいくら並べ立てても過去の行いが消えることなどない。

『謝って済むことではないと分かっていますが、今まで迷惑をおかけして申し訳ありませんでした。

もう二度とギルバート様には関わらないと誓います』

『過去の行いを消すことはできませんし、ギルバート様に許してもらえるとも思っていません。それでも今は全てを深く反省していて、変わりたいと思っています』

——彼女は何ひとつ悪いことなどしていないのにイルゼの罪を受け入れ、俺や周りからの嫌がらせや強い風当たりに耐えながら、必死に大勢の人間を救おうとしていた。

『お願いします！　大勢の人を助けたいんです』

『……ごめんなさい、絶対に助けるから』

どれほど彼女が健気《けなげ》でまっすぐで心の優しい女性だったのか、今さら思い知っていた。

それなのに俺は冷たい態度で心ない言葉を浴びせ、傷付けるために無理やり身体を暴《あば》いたのだ。

（これでは、元のイルゼと何も変わらない）

いくら謝罪をしたところで、受け入れられることはないだろう。

そう思うと、どうしようもなく胸が痛む。

「今後、どうされるおつもりですか」

彼女に強く当たっていたモーリスも、俺同様に悔やんでいる様子だった。

（……離婚して、彼女を自由にすべきだ）

俺やイルゼ・エンフィールドを知る人間から離れて、静かに暮らすのが彼女の願いのはず。

そして俺にできるのは、金銭面での支援くらいだということも分かっている。

「…………」

だが、口に出すことは躊躇《ためら》われた。

自分でも何故《なぜ》なのか分からずに戸惑っていたところで、ノック音が部屋に響く。

「旦那様、奥様が意識を取り戻されました」

メイドの報告に安堵するのと同時に、こみ上げてきたのは「恐怖」だった。

真実を知った今、彼女にどんな顔をして会えばいいのか分からない。

本当の彼女について何も知らないふりをすべきなのか、これまで通り「イルゼ・エンフィールド」として接するべきなのかも。

「……すぐに行く」

結局、答えは出ないまま立ち上がり、再び彼女のもとへ向かったのだった。

◇幕間　愛情の行く末

あの女の部屋を出て涙を拭《ぬぐ》い、廊下の陰で一息ついた途端、頭に激痛が走った。

頭上から荒々しく髪を掴《つか》まれているようで、さらにぐいと引き寄せるように引っ張られる。

「おい」

降ってきたのは聞き間違えるはずのない、愛《いと》しい彼の声だった。

「どうして、ここに……」

「イルゼが死にかけたという知らせを聞いてきた」

大切な用事があると言っていたのに、あの女のために全《すべ》て放り出して駆けつけたのだと思うと、腹の底から嫉妬《しっと》と怒りの感情が込み上げてくる。

以前の彼なら、絶対にそんなことはしなかったはずなのに。

「何があった？　なぜイルゼがあの場所で巻き込まれた？」

「別行動をしている最中、なぜかイルゼ様が、ご自身であの店に向かわれたようで……」

騎士達から聞いた経緯と考えておいた言い訳を口にしても、彼の視線は冷ややかなまま。

「一歩間違えば、イルゼまで死んでいたのか」

「……っ」

「お前がついていながら、そんなふざけた事態になるなんてな。何のためにお前をイルゼの側《そば》に置いているど思っているんだ?」

「申し訳、ありません……っ」

髪を掴まれていた手を振り払われたことで、強い痛みとともに床に倒れ込む。

長い付き合いだけれど、こんなにも怒っている姿は見たことがない。

それほどあの女を大切に思っているからなのだと思うと、ひどく苛立《いらだ》った。

(……あのまま死ねば良かったのに)

街中へ連れ出し、あのカフェへ行くよう促して、ターゲットと一緒に殺させるつもりだった。

戦闘能力もないくせに彼への崇拝だけは異常な下っ端《したっぱ》の人間の起こした事件に巻き込まれ、苦しんだ末に死ぬよう仕向けていたのだから。

けれどまさか猛毒を浄化して全員を救い、生き永らえるなんて誰が想像できただろうか。自白剤を飲ませられたのも、予想外だった。

「裏切ったのか」

そんな私の心のうちを見透かしたように、冷ややかな目で見下ろされる。

それでも私は「まさか」と微笑《ほほえ》み、彼を見上げた。

「あなた方が作ってくださった居場所なのに、最も救われた私が裏切るはずなどありません」

「………」

「あの子だって、あなたを崇拝しているからこそ、イルゼ様の行動が許せずに自白剤を飲ませて真実を聞こうとしたのでしょう。この組織にあなたを裏切る人間など存在しません」

「……だといいがな」

納得した様子はなかったものの、この場でこれ以上の追及はされないようだった。

これまでずっと奴隷のように付き従ってきた実績があるからこそ、この程度で済んだのだろう。

「可哀想《かわいそう》なイルゼ、さぞ怖くて辛《つら》い思いをしたはずだ」

けれどきっと疑り深い彼は、裏で調査を進めるはず。

利用した人間は全て殺し、私が仕組んだことは絶対に隠し通さなければ。

「やはり俺がイルゼを守ってやらないとな。――リタもそう思うだろう？」

「はい。私もできる限りのことをさせていただきます」

私の返事に満足したらしいナイル様はそう言って、片側の口角を綺麗《きれい》に上げた。

◇まるで普通のような

「……本当に、本当に死ぬかと思った」

自室で目を覚ました私は、ベッドから身体《からだ》を起こして自身を思わず抱きしめた。

まだ少し頭がぼんやりするものの、身体は嘘《うそ》みたいに軽い。

医者によると、あの場にいた全員が解毒を済ませて無事だという。この世界の医療の進み具合だけは本当にありがたい。

「魔力だけは我々では回復できないので、しばらく魔法の使用だけは控えてください」

「はい、ありがとうございます」

お礼を言い、部屋を出ていく医者を見送る。

「イルゼ！」

すると入れ違いに、リタとナイルお兄様がやってきた。

ひどく悲しげな顔をしたお兄様は私の側《そば》へ来て、優しく抱きしめてくれる。

「ああ、イルゼ……可哀想《かわいそう》に。怖かっただろう」

「……うん」

あの場で恐ろしい思いをしたのは事実で、温かな体温にどうしようもなくほっとした。

そっと抱きしめ返すと、お兄様は私の背中に回した腕に力を込める。

「奥様……ご無事で良かったです……」

「リタは巻き込まれなかったのよね？　あなたも無事で良かったわ」

カフェで自白剤を飲まされてから一切の記憶がなく、お医者さん曰《いわ》く規定量を超えていたせいで記憶が混濁しているんだとか。

（自白剤って……私、何か変なことを言ったりしていないわよね……？）

隠し事しかないため、冷や汗が止まらなくなる。医者からはギルバート様や側近のモーリスもこの部屋に来たと聞いており、恐ろしくてたまらない。

それからは一緒にいた騎士から話を聞いたというリタから、記憶を失っている間の話を聞いた。

私に自白剤を飲ませた直後、異変に気付いた近所の人達が来て、犯人達は逃げていったらしい。

その後は駆けつけた医者に治療をされ、ここへ運ばれてきたそうだ。

（……彼女は一体、私から何を聞き出そうとしていたのかしら）

裏切ったという発言や、あのお方という言葉が気がかりで仕方なかった。

「とにかくゆっくり休むといい」

「もう帰るの？」

「ああ、お前の顔を見に来ただけだから」

お兄様は手に持っていた上着を羽織り、私の頬にそっと触れる。

（そういえば、今日は大事な用があるって言っていたのに……わざわざ戻ってきてくれたんだ）

本当に心配してくれているのが伝わってきて、胸がいっぱいになる。

「お前を傷付けた人間には必ず報《むく》いを受けさせるよ。またね」

お兄様も犯人を探してくれる、ということなのだろうか。

リタに門までお兄様を送るよう頼み、一応病み上がりの私は廊下でお兄様の背中を見送る。

「もう出歩いて大丈夫なんですか」

「ギルバート様……」

すると背中越しに声をかけられ、振り返った先にはギルバート様の姿があった。

また騒ぎに巻き込まれ、騎士達を危険な目に遭わせたことを怒られる、くらいに思っていたのに。

「まだ安静にしているべきです。部屋へ戻りましょう」

「は、はい……？」

そっとお姫様のように抱きかかえられたかと思うと、そのままベッドの上へ運ばれる。

ギルバート様は丁寧《ていねい》に毛布までかけてくれて、私の脳内は「？」で埋め尽くされていた。

（な、なんでこんなに優しいの……？）

ベッドサイドの椅子《いす》に座ったギルバート様の表情は、どこか暗い。最近の素《そ》っ気《け》なさも、避けられているような感覚も一切感じられなかった。

巻き込まれ事故で命の危険に遭ったことで、さすがに哀れに思ったからなのだろうか。もしくは騎士達を救おうとしたことで、少しは評価されたのかもしれない。

「体調に問題はありませんか」

「はい、お蔭《かげ》様で」

「それなら良かった。あなたを襲った組織については、公爵家でも調査をする予定です」

既に騎士団と協力し、捜査にあたっているという。

私のためではないだろうから、公爵家という肩書きの手前、なのだろうか。

「あの、組織っていうのは一体……」

「奴らの実態はまだ分かっていませんが、今回を含めてこれまで起こしてきた事件は全《すべ》て、反身分制主義の人間を狙ったものです」

「反身分制主義……？」

ギルバート様によると、国内で階級社会を変えるべきだという動きがあるらしい。

あの場に貴族と平民らしき男性が同席していたことにも、納得がいった。表沙汰《おもてざた》にはなっていないものの、前回の事件も爆発した建物内で反身分制度の人々の集まりがあったのだという。

「…………」

「何か気になることでも？」

「い、いえ！　何も！」

気がかりなことは多いけれど、あの場で私が犯人から裏切り者の扱いをされたことを話せば、さらに立場が悪くなるはず。

騎士達にも聞こえていた可能性はあるし、いずれバレてしまうかもしれない。

それでもまだ何の確証もない以上、自分から話す必要もないだろう。

「何かあればすぐに言ってください。必要なものがあれば用意します」

ギルバート様はそう言って、椅子から立ち上がる。

そうして部屋を出ていこうとする彼の腕を、私は慌てて掴《つか》んだ。

「ギルバート様こそ、体調は大丈夫ですか？　その、私ならもう平気なので」

ここ最近避けられていたせいで、ずっと尋ねられずにいた。今の雰囲気ならいけると勇気を出したものの、制約魔法のノルマにも関わることだからこそ、照れてしまう。

するとギルバート様は切れ長の目を見開いた後、ふっと笑った。

「……あなたはどこまでお人好しなんですか」

その笑顔はこれまで見た中で、最も穏やかで彼らしいものに見えて、心臓が跳ねる。

ギルバート様は柔らかく微笑《ほほえ》んだまま、私の手をそっと外した。

「俺はまだ平気ですから、どうかしばらくは安静にしていてください」

「わ、分かりました」

「ありがとう」

そして指先で私の手を撫《な》でると、お礼を言ってそのまま部屋を後にする。

一人になった私は、触れられた手をぎゅっと握りしめた。

「……変なギルバート様」

素っ気ない態度で突き放したり、今みたいに優しくしたり。

何が本当の彼なのか分からず、調子が狂ってしまう。

落ち着かない気落ちを抑えつけ、私はぼふりとベッドに倒れ込んだ。

◇◇◇

カフェでの事件から、二日が経《た》った。

「……ギルバート様が優しすぎて怖いんだけど」

自室のソファに座る私は、側でお茶を淹《い》れてくれているリタにそうこぼした。

「冷たいよりも良いじゃないですか」

「それはそうなんだけど、どう接すればいいのか分からなくなるのよね……」

あれからギルバート様は、別人のように私に優しい。

常に気遣ってくれているのが態度から分かるし、使用人にも私を最優先に、大切に扱うようきつく言っているという話もリタから聞いた。

死にかけたばかりの私を哀れんでくれているんだろうけれど、それにしたって優しすぎる。

(もしかしてまた、私を陥《おとしい》れようとしてる……?)

身の回りを調べていたと聞いているし、油断させる作戦かもしれないと思えてしまう。

ちなみに事件の犯人は、まだ捕まっていないらしい。

あの組織が一体何なのか、イルゼとの関係も含めて気がかりだけれど、大崩壊中のストーリーからもうすぐ離脱する端役《はやく》の私にどうにかできるものではないはず。

ここは然《しか》るべき人に任せて、私はもう巻き込まれないよう静かに暮らしていきたい。

十分に休んで身体の調子も良いし、これからは今後に向けての行動をしつつ、制約魔法が切れるまでギルバート様とは円滑な関係を築いていかなければ。

「……そろそろギルバート様とのノルマもこなさないと」

先日は平気だと言っていたけれど、いつまた前回のように彼が倒れてしまうか分からないし、本当なら今すぐにでもすべきだろう。

次は私から誘えと言われているせいでハードルが爆上がりしており、行動を起こせずにいた。

(でも、今日こそは勇気を絞り出して誘わなきゃ)

ドSなギルバート様に色々と恥ずかしいことをさせられた時に比べれば、義務として誘うくらい、かわいいものだと自分に言い聞かせる。

そしてしっかりと決意した私は、今夜彼の部屋に出向くことにした。


ゆっくりお風呂に入って心を落ち着かせた私は、薄着でギルバート様の部屋を訪れた。

ノックして名乗ると、すぐにドアが開かれる。

「……どうしたんですか」

ギルバート様は突然の私の来訪に少し驚いた様子を見せつつ、部屋の中へ通してくれる。

「座ってください。何か飲みますか?」

「いえ、大丈夫です」

ソファに座るよう促されたけれど、時間が経てば経つほど言い出しにくくなると思った私は、立ったままギルバート様に声をかけた。

「今日、しませんか……？」

心臓がうるさくなっていくのを感じながらじっと見つめると、美しい切れ長の目が見開かれる。

少しの後、ギルバート様は眉尻を下げて微笑んだ。

「すみません、俺から言うべきでしたね」

「えっ？　い、いえ……」

なぜか申し訳なさそうな顔をされ、脳内は疑問符でいっぱいになる。

ついこの間までは偉そうに「あなたから誘ってください」なんて言っていたのに、全《まった》くの別人のような態度だった。やはり先日の事件があって、気を遣ってくれているのだろうか。

「と、とにかく早く済ませちゃいましょう！　パパッと！」

「……そうですね」

その心情であればこれまでのように朝までコースではないだろうし、ギルバート様もさっさと終わらせたいはず。

だからこそ、彼のためにそう言ったのに、なぜか少し傷付いたような顔をされる。何もかも調子が狂うと不思議に思う中、手を差し出された。

その手を取ると、そのままベッドへと誘われ、ベッドの上で並んで座る形になる。

「身体はもう問題ありませんか」

「は、はい！　お蔭様でとても元気です」

「良かった。……風呂上がりのせいか、少し頬が赤いですね」

「……っ」

薄く微笑みながら優しい手つきで頬を撫でられ、そのまま髪をそっと耳にかけられる。

このやけに甘い空気感は、一体何なんだろう。

いつもならあっという間に押し倒されて雑に始まるのに、なんというか「正しい手順」を踏んでいるような気がしてならない。

普段よりも妙にドキドキしてしまって、落ち着かなくなるのでやめてほしい。

「あなたをなんと呼べばいいですか」

「えっ？」

そんな中、予想外の問いを投げかけられ、さらに困惑してしまう。

なぜ今さら、そんなことを尋ねられるのか分からない。

（な、なに……？　もしかして愛称とかで呼ぼうとしているとか……？）

もはや恐怖を感じながらも、思ったままに「イルゼのままで」とだけ答えた。

転生した当初のうちは他人の名前で呼ばれることに違和感を覚えていたけれど、今では自分の本当の名前が思い出せなくなりそうなくらい、しっくりと馴染《なじ》んでしまっている。

「……イルゼ」

やがてひどく優しい声音で、名前を呼ばれた。

これまでだって何度もそう呼ばれていたはずなのに、なぜか全くの別物に聞こえる。

（やっぱりギルバート様の様子がおかしすぎる）

ここまで急に、それでいて露骨に優しくて好意的になるなんて、何かしら明確な理由があるはず。

危険な目に遭ったから、騎士達を必死に助けたからという理由だけで、あれほど憎んでいたイルゼに対し、ここまで態度が変わるはずがない。

そして、気付いてしまう。

（もしかして毒煙事件の犯人に仲間認定されたことを、騎士達から聞いたとか……!?）

もしくは自白剤を飲んだ後、余計なことを話してしまった可能性だってある。

とにかく優しくして近づいて何かを聞き出そうとしたり、罠《わな》に嵌《は》めるために油断させたりしようとしているのではないだろうか。

事件の直前には家のことをするなと言われたり、ギルバート様に避けられたりしていたし、もしかすると仲間認定の件に関わることも元々何かバレていたのかもしれない。

（ほ、本当に元のイルゼは何をしていたの……!?）

小説には書かれていなかった未知の悪事が恐ろしすぎて、冷や汗が止まらなくなる。

ストーリーだって大崩壊している今、既に娼館《しょうかん》行きの手筈《てはず》が整えられていたっておかしくはない。

「優しくしますね」

すると私が不安になっているのを悟ったのか、ギルバート様は困ったように微笑む。

理由は全く違う上に、これ以上優しくされるのは恐ろしくてたまらなかった。

「んっ……」

そんな私の頬にするりと触れたギルバート様の顔が近づいてきて、唇が重なる。

何度も軽く口付けられた後、そっと舌が割り入ってきた。

「もう少し力を抜いて」

「っ……ふ……」

「そう、上手《じょうず》ですね」

繰り返されるキスの合間の声も優しくてひどく色っぽくて、ドキドキしてしまう。

いつの間にか呼吸の仕方も、口内を蠢《うごめ》くギルバート様の舌への応《こた》え方も覚えていて、お腹《なか》の奥が疼《うず》くような心地よさと甘さを感じていた。

キスに気を取られている間に服を脱がされ、骨張った温かな手が直接胸に触れた。優しく撫でるように動く指先に、くすぐったさや物足りなさを感じてしまう。

終わりの見えないキスに息苦しさを覚えた頃、素肌を這《は》うだけだった指先が胸の頂《いただき》を弾《はじ》いた。

「ひあっ……！」

散々焦《じ》らすように触れられていたせいか、わずかな刺激にも反応してしまう。

ギルバート様はそんな私を見て満足げな笑みを浮かべると、もう一度軽く唇を重ねた後、首筋や鎖骨など、ゆっくりと唇を落としながら下がっていく。

そしてギルバート様の形の良い唇が胸の先端を含んだ途端、口からは大きな嬌声《きょうせい》が漏れた。

「んっ……ああっ……」

優しく舌で転がされたり軽く噛《か》まれたり、もう一方の手で摘《つま》まれたりと絶えず刺激を与えられる。

緩やかな快感が続くもどかしさに耐えきれなくなり、ついギルバート様の頭を抱えるように掴む。

すると顔は見えないものの、彼が胸元でふっと笑ったのが分かった。

(もう、終わった……?)

やがてギルバート様が顔を上げ、ほっとしたのも束《つか》の間《ま》、ギルバート様はさらに私の身体に赤い痕《あと》をつけながら下降していく。

そして下腹部に唇を押し当てたところで、ぐいと足を広げられた。

「えっ? ま、待って……ひあああっ!」

嫌な予感がして私が抵抗するよりも早く、ギルバート様がぐずぐずになった部分を舐《な》め上げる。

その瞬間、私は大きな嬌声を上げながらびくりと腰を跳ねさせた。

もちろん知識として、こういう行為があることは知っている。

それでもギルバート様が私に対し、自らこんなことをするとは思っておらず、恥ずかしさと驚きでいっぱいだった。

「や、やあ……やめて、っああ……」

必死に抵抗しても強い力で太腿《ふともも》を押さえつけられ、より足を広げられる。

身体を起こして止めようとして、ギルバート様の整いすぎた顔が埋《うず》められているのが見えた瞬間、あまりの恥ずかしさにぽろぽろと涙がこぼれた。

「なんで、こんな……っ」

「これからは慣れてください」

答えになっていない返事をして、ギルバート様は再び舌を這わせる。まるでこの先も同じことをするような口ぶりにも、戸惑いを隠せない。

「ああっ……あ、っう……やあっ！」

一番敏感な部分を舌先で刺激されながら、ギルバート様の指が中へ押し込まれる。

(どうしてこんなこと……)

これまで何度か彼に抱かれたけれど、こんなにも丁寧に愛撫《あいぶ》されたことなんてなかった。それでいて私を気持ちよくしようとしているのが伝わってきて、強い快感の波に襲われ続けている。

これ以上続くとおかしくなってしまう気がして、早く終わらせてほしいと思った私は、縋《すが》るようにギルバート様の首に腕を回した。

「ギルバート様、もう、っお願い……」

「……っ」

するとほんの一瞬、ギルバート様が息を呑《の》んだ。

次の瞬間には再び唇を奪われており、食べ尽くされるようなキスにもう応える余裕すらなくなっていると、熱くて固いものが下半身に押し当てられる。

「今日はずいぶん、おねだりが上手ですね」

「ああ、っん……ん！」

そしてゆっくりと腰を進められ、そのまま一度、深い部分までいっぱいになる。

痛みはなく圧迫感は変わらずだったけれど、ギルバート様が動き出した途端、身体が求めていた快感が全身に広がっていくのを感じた。

当初は私の様子を窺《うかが》うように浅く突くだけだったものの、すぐに問題ないと悟ったのか、次第に腰の動きが速く深くなっていく。

「やっ、ああっ！　いやっ……あっ、ひあ……やああっ！」

もう気持ちよさしかなくて何もかもがぐちゃぐちゃで、もうひたすら喘《あえ》ぐことしかできない。

そんな私を見下ろし、顔にかかった髪をそっと除《の》けながら、ギルバート様は薄く微笑んだ。

「気付いていますか？　自ら腰を揺らしているって」

「……っ」

もちろん無意識で指摘された途端、羞恥《しゅうち》に耐えきれなくなった私は両手で熱くなった顔を覆った。

けれど許さないとでも言うように両手首を掴まれ、乱れたシーツにぐっと押し付けられる。

「やだ……見ないで……」

嫌だと首を左右に振っても、ギルバート様は笑みを深めるだけ。

「あなたのその、恥ずかしさと気持ちよさでぐちゃぐちゃになった顔が好きなんです」

初めて向けられた「好き」という単語に一瞬だけどきりとしたものの、ぐちゃぐちゃになった顔が好きだなんて絶対におかしい。

やはり嫌がらせでしかなく、悔しさや恥ずかしさでまた視界が滲《にじ》む。

「や、優しくするって、言ったのに……！」

「これでも優しくしているつもりですよ」

だから精一杯気持ちよくしているでしょう？　と耳元で囁《ささや》かれ、そのまま耳朶《みみたぶ》を軽く噛まれた。

小さく身体が跳ねてしまった直後、耳の中に舌が入ってくる。ぴちゃぴちゃという水音が直接頭の中に響き、思考が奪われていく。

その上で両手で胸の先を転がされ、律動だって止まらないまま。

もう何が気持ち良いのか分からないくらい、強い感覚が全身を駆け抜けていく。

両目からは生理的な涙が溢《あふ》れ、きっと今の私は彼の言うぐちゃぐちゃな顔をしているのだろう。

「ギルバート様……ギルバート様……っ」

強烈な快楽に呑《の》み込まれそうになるのが怖くて、名前を繰り返し呼びながら背中にしがみつく。

すると頬に柔らかな感触を感じ、きつく閉じていた目を開けた私は、息を呑んだ。

「……こんなにも違うのに」

揺れる視界の中で、なぜかギルバート様は切なげな、自嘲するような笑みを浮かべていたから。

どうして今、そんな顔をするのか分からない。

「本当にかわいいな」

「……っ」

そして戸惑う私の頬を撫でると、彼はこれまで見たことがないくらい優しく微笑んだ。

その瞬間、どうしようもなく胸が高鳴ってしまった。

「もっと俺の名前を呼んでください」

こんな風に笑う理由だって、やっぱり私には分からない。

だって今のは、どう考えても憎んでいる相手に向けるような表情ではなかった。

私に触れる手も声音も、何もかもがあまりにも優しくて「愛されているのではないか」なんて勘違いをしてしまいそうになる。

これが全て演技だとしたら、どうしたって敵《かな》わない気がした。

「……俺もそろそろ、限界だ」

ギルバート様の声はどこか苦しげで、美しい銀髪にも汗が伝っている。

いつも冷ややかで冷静な彼の、こんなにも余裕がない表情は初めて見たように思う。

「やあああっ……あっ、あああああっ……！」

きつく腰を掴まれ、叩《たた》きつけるように激しく揺さぶられる。受け止めきれない快感を必死に逃がそうとするたび、ベッドが軋《きし》む音と悲鳴に似た嬌声が部屋に響く。

「イルゼ……」

噛み付くようなキスをされながら、私はもう必死にギルバート様に縋り付くことしかできない。

そして自身の最奥で弾《はじ》けるような感覚がするのと同時に、私は意識を手放した。

◇◇◇

意識が浮上する中、とても温かくて心地よい何かに包まれていることに気付く。

「んう……」

まだ眠たくてこのまま微睡《まどろ》んでいたくなり、すり、と顔を寄せる。するとふっと誰かが笑い、優しく頭を撫でられたのが分かった。

その感覚がやけにリアルで、違和感を覚えて顔を上げる。

「おはよう」

すると目の前にはギルバート様の顔があり、ぴしりと固まった。

それから自分の身に何が起きているのか理解するまで、かなりの時間を要したように思う。

「な、なななんで……！」

ようやく状況を把握した私は動揺でいっぱいになり、慌てて後ろに飛び退《の》こうとする。

けれど背中にがっしりと腕を回されており、逃げることができない。

「自分のベッドで眠っていることに、何か問題でも？」

そして朝とは思えないほど眩《まぶ》しい笑みを向けられ、思わず目を細めた。

「だ、だって……」

今まで何度もギルバート様に抱かれてきたけれど、決まって目覚めた時は一人だったからだ。

彼も憎い私とは少しも一緒にいたくないのだと察していたのに、なぜ今日に限って朝まで一緒に眠っていたのだろう。まさかこれも、懐柔《かいじゅう》作戦のうちなのだろうか。

その上、ギルバート様はとっくに目覚めていたようだった。

なのにどうして、わざわざ私を抱きしめたままベッドの上にいたのか理解できない。

「あなただって心地良さそうに俺にすり寄ってきていたくせに」

「それは寝ぼけていただけで……とにかく間違いです！」

「とても可愛《かわい》かったので残念です」

「か、かわ……？」

柔らかく目を細めて笑う目の前の人は、一体誰なのだろう。昨晩同様に何もかもが甘くて、転生した当初とはまるで別人で戸惑いを隠せない。

恥ずかしさで顔が熱くなるのを感じていると、ギルバート様は私から離れ、身体を起こした。

「食事もここへ運ぶよう言ってあるので、一緒に食べませんか」

「えっ？」

「すぐに用意させますね」

まだ頭がまともに働いておらず、全く状況が理解できていない私を他所《よそ》に、ギルバート様は眩しすぎる笑みを浮かべ、そう言ってのけた。

「………」

それから十分後、私は美味《おい》しそうな朝食が並ぶテーブル越しにギルバート様と向かい合っていた。

こうして一緒に食事をするのは初めてで、落ち着かない。

（この間も誘われたけれど、どうしてこんな……やっぱり情報を引き出すためなのかしら？）

困惑しながらも、ひとまず朝食をいただく。

今日は近所の店の私の好きなパンが並んでおり、嬉《うれ》しくなりながら手に取る。まだ温かくてふっくらとしたパンをちぎり、口へ運ぶと幸せの味がした。

「そのパンが好きなんですか」

よほど分かりやすく喜んでしまっていたのか、そんな問いを投げかけられる。

「はい、大好きです。もっちりふわふわで、甘さもほどよくて」

「明日も出すよう伝えておきます」

それからも自然にギルバート様が会話を振ってくれて、絶えず会話が続く。

「俺は昔、これを食べ物だと信じられなかったんです」

「ふふ、なんですかそれ」

私もつい笑ってしまったりして、ハッと我に返ることもあった。

そのたびに私を見てギルバート様は柔らかく目を細めるから、そわそわしてしまう。

彼の考えが分からない以上、油断してはいけないと何度も自分に言い聞かせた。改めて考えても、いきなりこんなにも態度が真逆に変わるなんて、明らかにおかしい。

(……こんなの、普通の夫婦みたいじゃない)

やっぱり調子が狂うと思いながら、私はひたすら料理を口に運び続けた。

やがて朝食を終えてギルバート様と別れた私は、ひとまずお風呂に入ることにした。

「……ふう」

リタが用意してくれた花びらが浮かぶ湯船にゆっくり浸かり、ぐっと両手を伸ばす。

これまでとは違い、身体に痛々しい跡はない。

ただあちこちに赤い跡はうっすらあって、そっと触れてみる。

「これって、何のためにつけているのかしら……？」

ギルバート様に何の得があるのだろうと不思議に思っていると、風呂場のドアがノックされた。

「奥様、シーラ様とナイル様がいらっしゃいました」

「……なんて？」

どちらの来訪の予定もなかったため、驚きで湯船の中で滑ってしまいそうになる。

なんと二人一緒らしく、これまで関わった様子もなかったからこそ、より訳が分からない。

（な、何が起きてるの……？）

とりあえず急いで上がらなければと、慌てて立ち上がる。

そして大至急で支度をしようとした結果、私は着替えている途中で見事に滑ってずっこけた。

「い、いったあ……」

近くにあった棚にもぶつかり、ドンガラガッシャンと化粧品類まで落ちてきて、床に倒れ込みながらどこまでも間抜けだと泣きたくなる。

「イルゼ様、大丈夫ですか！」

「シーラ……」

すると何が起きたのだろうと心配してくれたらしいシーラがお風呂場に入ってきて、私を抱き起こしてくれる。こんな姿は見られたくなかったと、心の中で涙を流した。

「じ、自分でできるから大丈夫よ」

「いいえ、私にやらせてください」

シーラはタオルで丁寧に私の髪まで拭き、着替えまで手伝ってくれる。

やはりメイド経験があるせいか、手慣れているなあと思っていると、ふと彼女の手が止まった。

「……また、公爵様に……」

「あっ……これは、その……」

悲しげな顔をするシーラの視線は、私の首筋や胸のあたりに広がる赤い跡へ向けられている。

またギルバート様に抱かれたことを知られてしまったと、内心頭を抱えた。

仕方ない理由があるのだと再び事情を説明すべきかと悩んだものの、そうなるとシーラにイルゼ・エンフィールドが人でなしだと思われてしまう。

(でも本当にこの先、二人が結ばれる未来はあるの……？)

シーラとギルバート様が小説のように愛し合う未来には、どうすれば辿《たど》り着けるのだろう。

――何もかもを小説通りにすべきだとは思わない。お母さんを救えたことだって、間違っていたとは思わなかった。

でも、小説のラストの幸せそうな二人を思い出すと、私のせいで最高のハッピーエンドが失われるかもしれない、二人の未来を奪ってしまうのではないかと不安になる。

「……大丈夫ですよ、私は分かっていますから。髪も乾かしておきますね」

「あ、ありがとう……」

シーラはこの間も「分かっている」と言っていたけれど、一体何を分かってくれているのだろう。

戸惑っているうちに支度を終え、部屋へ戻るとそこにはお兄様とリタの姿があった。

「ものすごい音がしたけど、大丈夫だったのか」

「え、ええ。でも、どうして二人が一緒に……？」

「屋敷の前で会ったから、声をかけて誘ったんだ。そうだよな？」

「はい。街中での事件にイルゼ様が巻き込まれたという噂《うわさ》を聞いて、心配になって……」

どうやらシーラは私の心配をして、一目でも姿を見られないかとここまで来てくれたらしい。

そしてお兄様に出会《でくわ》し、一緒に中へ入ってきたそうだ。

なんて健気《けなげ》で優しいのだろうと、涙が出そうになってしまう。

「シーラ……ごめんね、連絡をすれば良かったわ」

「勝手なことをして申し訳ありません」

「ううん、ありがとう！　本当に嬉しい」

ずっと大好きだったシーラがこうして私の心配をして会いに来てくれるなんて、夢みたいだと改めて思う。今は少しだけおかしな関係になっているけれど、やはり彼女が好きだと実感した。

「お前のことがとても大切で好きだというから、意気投合してね」

「そ、そうなんだ……？」

そもそもお兄様が平民であるシーラと普通に会話していることに、驚きを隠せない。

やはり小説でも溺愛《できあい》するくらいだし、彼女の可愛らしさ、美しさの前には、さすがに身分も関係なくなるのだろうか。

「それにこれから、上手《うま》く付き合っていこうという話もしたんだ」

「上手く付き合う……？」

気になってどういう意味か尋ねたものの、二人は笑みを浮かべるだけで教えてはくれない。

内緒ごとに寂しさも感じるけれど、本当の兄妹である二人の仲が良いに越したことはなかった。

「とにかくリタ、三人分のお茶の準備をお願い」

「かしこまりました」

それからは三人でテーブルを囲み、仲良くお茶をした。

お兄様はいつも通り私の隣にぴったりくっついており、シーラは向かいのソファに座っている。

「へえ、君はあの家とも関わりがあるのか」

「そうなんです。以前、お仕事でお邪魔してからずっと良くしてくださって……」

私は相槌《あいづち》を打ちながら、ずっと二人の様子を観察していた。

(本当に二人は気が合うみたいね。良かった)

やはり寂しいけれど、私がいなくなってシーラが公爵家に戻った後、素敵な兄妹になるだろう。

後でシーラとも今後のこと——本当のことを明らかにするタイミングなどを話し合わなければ。

そんなことを考えながら、ひとまずはこの平和な時間を楽しもう、なんて思った時だった。

「昨晩、俺の部屋に上着を忘れていましたよ」

「ギ、ギルバート様……」

突然現れたギルバート様の手には、昨晩私が羽織っていた薄手の上着がある。そんなものを部屋に忘れてくるなんて、何があったのか誰だって分かってしまうだろう。

シーラにはバレてしまっていたものの、お兄様には隠し通せていたというのに。

「ああ、来ていたんですね。気が付きませんでした」

「………………」

その上、爽《さわ》やかな笑顔でお兄様に対し、どストレートに喧嘩《けんか》を売っている。

隣に座るお兄様の方をもう、恐ろしくて見られそうにない。

けれどギルバート様はというと一切気にする様子はなく、笑顔のまま私の側に向かってきた。

「夕食も一緒に食べましょうか」

「あっ、ハイ……」

「良かった。頑張《がんば》って仕事を終わらせますね」

お兄様の反応もやけに親しげで優しい態度のギルバート様も怖くて、こくこくと頷《うなず》くことしかできずにいると、今度は頬にキスをされる。

「……っ」

ずっと様子がおかしいとは思っていたけれど、まさか人前でもこの調子だとは思わなかった。

まるで愛妻家の夫のようで、目眩《めまい》がしてくる。

（シーラもいるのに、なんてことを……）

ドキドキよりもヒヤヒヤが勝《まさ》りながらシーラへ視線を向けると、彼女はぞくりとしてしまうくらい冷たい目をしていて、息を呑んだ。

その様子を見て冷静になり、先日だってお兄様に見せつけるようにキスをされたことを思い出す。

ギルバート様の目的が分からないものの、やはり嫌がらせの一環としか考えられない。

一方、堪忍袋《かんにんぶくろ》の緒がキレたらしいお兄様は、苛立《いらだ》った様子でテーブルを蹴り上げた。

ガシャンと大きな音を立て、テーブルの上にあったものが散らかってしまう。

「……お前、いい加減にイルゼを解放しろ。そんなにもイルゼを苦しめて楽しいか？」

あまりの迫力に怯《おび》えながらも、心の中では「ナイス！」「もっと言って！」と応援しておく。

するとギルバート様は椅子の端に腰を下ろし、私をぐいと抱き寄せて綺麗《きれい》に口角を上げた。

「いえ、俺は離婚したくありません」

これまではずっと離婚はしない、だったのに、初めて聞く言い回しだと違和感を抱く。

そして彼は思わず「どうして」と呟《つぶや》いた私に対し、アメジストの瞳をまっすぐに向けた。

「あなたに惹《ひ》かれ始めているので」

「……え」

信じられない言葉に呆然《ぼうぜん》とする私を見て、ギルバート様は眉尻を下げて微笑んだ。

そんな表情だって、初めて見たように思う。

「離婚したいという、あなたの気が変わるように努力します」

やがてギルバート様はそう言うと立ち上がり、部屋を出て行った。

「……なに、いまの」

しばらく放心状態になってしまったものの、過去に放っておいてほしいとお願いした際、嫌だと言われた上に「あなたのことを愛しているから」なんて言われたことを思い出す。

ギルバート様はギルバート様でしかなくて、やはりイルゼを嫌っていて、全て嘘に違いない。

(……でも、びっくりした)

演技力がとてつもないせいで、うっかり一瞬、鵜呑《うの》みにしてドキドキしてしまった。

恥ずかしくなった私は、照れを誤魔化《ごまか》すようにへらりと笑いながらお兄様の方を向いた。

「も、もう、ギルバート様ってばまたあんなふざけたことを言って……」

「……それはどうかな」

「えっ?」

お兄様の整いすぎた顔に、表情はない。

恐る恐るどういう意味かと尋ねると、お兄様はパッといつもの笑みを浮かべた。

「いや、お前は知らなくていいよ」

「………?」

よく分からないものの、それ以上尋ねてはいけない気がして口を噤《つぐ》む。

お兄様はそんな私の頬をするりと撫で、愛《いと》おしげな眼差《まなざ》しを向けた。

「大丈夫、俺がお前を幸せにしてやるから。彼女も協力してくれるそうだよ」

「はい。イルゼ様のためなら、どんなことだってしてします」

「あ、ありがとう……？」

いつの間に二人は協力体制になったのだろう。もしや上手く付き合うという言葉の中に、それも含まれているのだろうか。

けれどギルバート様が私を陥れるための何かを企《たくら》んでいる可能性が高い今、お兄様やシーラが助けてくれるのはとても心強かった。

私の目的は今も変わらず、円満に離婚をすることなのだから。

（……ギルバート様にドキドキしてしまったのだって、何かの間違いだもの）

とにかく円満離婚への道は、まだまだ果てしないはず。

制約魔法が切れるまでの残り四ヶ月、必死に生き抜こうと改めて決意したのだった。

あとがき

こんにちは、琴子と申します。この度は「公爵様、悪妻の私はもう放っておいてください」をお手に取ってくださり、ありがとうございます！

さてさて皆さま、いかがでしたでしょうか……？

小説でデビューしてから四年以上が経ち、三十冊以上は出版させていただいているものの、ティーンズラブ小説を書くのは今回が初めてでした。

読むのは大好きなのですが、いざ書くとなるとものすごく難しくてとても苦労しましたし、全てのＴＬ作家さんたちを改めて尊敬しました。超すごいです。

私も性癖を詰め込みつつ頑張ったので、ドキドキしてもらえていると幸いです。

また、私はこれまでヤンデレやツンデレばかり書いてきたのですが、ドＳなキャラもすごく好きになったので、今後もっと書きたいなあと思っています。

それにしても、イルゼもギルバートも最高に不憫でしたね……！　どちらも被害者で悪くないのがまた辛くて面白いところかなと思います。

ナイルお兄様とシーラの様子もおかしくなり、とんでもない逆ハーレムが完成しつつあります。もはや誰も放っておいてくれなさそうです。

別人だと気付いたギルバートがどうイルゼに近付いていくのか、ギルバートが何かを企んでいると勘違いしているイルゼは離婚できるのかなど、続きもお楽しみに！


ちなみに私は美形男性からの溺愛や執着が何よりも好きだと思っていたのですが、女の子同士の巨大感情の良さにも気付いてしまい、本当はもっとシーラの猛攻を書きたかったです。

連載中はみなさん「どうせヒロインって、よくいる嫌な子なんじゃないの……？」といった予想をしてくれていたのですが、まさかの百合だった時の盛り上がりにはニッコニコしました。

個人的には悪妻時代の最低最悪のイルゼちゃんも好きです。制作サイドでも大人気で、ストーカー手帳のくだりが特に好評でした。

今月末発売のコミックス一巻の描き下ろし漫画では、ストーカー手帳のくだりと二回目の制約魔法ノルマの夜が描かれていて最高なので買ってくださいね！（宣伝）

このまま神すぎる本作の漫画の話をさせていただきますが、小説のイラストと同じく桜乃みか先生が担当してくださっています。

イラストも表紙や口絵、何もかもが神でしたね……。

原作を一億倍すばらしくしてくださっており、それはもう美しくて可愛くてかっこよくてドキドキで最高です。何が何でも読んでいただきたいです！

お陰様で大ヒット中で、このビッグウェーブに一緒に乗ってもらえると幸いです。


そしてそして！　大人気声優の方々による豪華なボイスコミックもYouTubeで公開中です。

高野麻里佳さんによるイルゼや、八代拓さんによるギルバートなど、ドキドキで完全解釈一致で最高なので見てみてください。

どうにか続編の制作をしてもらえるよう、共に再生数をぶん回してもらいたいです。


また、優しく丁寧に対応してくださる担当編集様、そして本作の制作・販売に携わってくださった全ての方にも感謝申し上げます。

最後になりますが、ここまでお読みいただきありがとうございました！

また、二巻やコミックスなどでお会いできますように。

琴子

2025年
4月30日
コミックス1巻
発売！
目指せ円満離婚！
…のはずが
なぜかドS公爵《夫》に
執着されてます!?
公爵様、
悪妻の私はもう
放っておいてください
Duke, please leave me alone as a bad wife.
コミック 桜乃みか
原作 琴子

ゼロサムオンラインにてコミカライズ好評連載中!!

悪役令嬢と
鬼畜騎士
著▶猫田　イラスト▶旭炬